伊藤 徹
檜垣立哉 編

寺山修司の遺産

21世紀のいま読み直す

堀之内出版

寺山修司の遺産
21世紀のいま読み直す

伊藤徹　檜垣立哉
澤田美恵子　青山太郎
荻野雄　前川志織
若林雅哉　平芳幸浩
佐々木英明　広瀬有紀

堀之内出版

目次

第4章　寺山修司の「幸福」の政治学　117

荻野 雄｜政治

第5章　寺山修司と競馬　145

檜垣立哉｜競馬

第6章

初期の天井桟敷のポスターを読む——劇との関係を中心に

前川志織|デザイン

第7章

小劇場運動と「肉体」——寺山修司をめぐる文化的野心とともに

若林雅哉|演劇II

第8章

ナンセンスの時代と寺山修司

はじめに

寺山修司が遺したものを扱い始めた頃、私は半世紀近く前の記憶を辿ったことがある。私が入学した一九七六年当時京都大学のキャンパスは現在とは比べようもなく雑然としていた。ことに一条通の南側の教養部は、通り沿いのグランドから二階建ての生協までほぼ建物がなく、さらに南に横たわる吉田寮もわずかながら見えていた気がする。空き地同然のその空間には、バラックと呼んでよい小屋が幾棟か立っていたが、そこではゼミナールが行われることもあって、ようやく演習室という名前の面目を保っていた。

思い出したのは、その一つ第一一演習室のことだ。文学部の新入生たちは、今でも雑種性が強いだろうが、当時年齢も志向もまちまちな若者たちが集い、選択した語学によって四つのクラスに分けられて二年間の教養部生活を送った。私が属したドイツ語選択クラスにW君という山形出身の長身の人物がいた。体育のサッカーの時間、ゴールキーパーをやっていた彼は、一対一の状況でフェイントをかけたら、蹴る前に倒れ、ポイッとゴールしたら、彼から「卑怯者」といきなりなじられ、唖然としたことがあった。それは私だけに残っている思い出だろうが、W君のことで級友のほとんどが覚えていると思われるのは、彼がリーダーとなって、かの「一一演」を「占拠」し演劇グループを組織したことだ。授業などほっぽり出し深更までそこで繰り広げられた煙草と酒の空間は、受験から解放された若者にとって誘惑的であり、私もしばし身を置いたものだ。彼らがどんな芝居をかけたかは、まったく覚えていないが、一つだけ記憶に残っているのは、学園祭でにぎわうキャンパス内の掲示板前で演じられた刺傷シーンで、刺され役の腹部から流れ出した赤い液体と転がったナイフ、あたりに響いた悲鳴は、今も鮮やかに蘇る。当時私はまったく気づかなかったが、今思えば彼らの行動が前年催された《ノック》を念頭に置いたものであったのはまちがいなく、「一一演」は、彼らにとっての「天井桟敷館」であった。寺山修司は、知らないうちに、私の青年時代の記憶のなかに浸み込んでいた。

知らないうちに忍び込んだ寺山といえば、私の場合六つ年上の姉に教えられた浅川マキのどんより暗い歌もある。映画《**書を捨てよ町へ出よう**》にも出演した彼女の《**かもめ**》や《**裏窓**》などの歌によって、作詞家・寺山の言葉は私のなかに刷り込まれていた。高校二年生のとき田舎の市民公会堂にやってきた浅川マキのコンサートに行ったことがある。放課後はグランドでラグビーボールを蹴っていたくらいで、チケットを買ってコンサートに行くといったしゃれたことなど思いもよらなかった私を、同級生の一人がチケット余ったから行かないかと誘ってくれたのだった。数度言葉を交わしたことしかなかった彼は、私が浅川マキを好きだということを人伝に聞いたから声かけたといった。レコードで聞いていたのと同じ声が響く会場内に煙草の煙が渦巻いていたことともに覚えているのは、コンサートがはねたあと、名前も忘れてしまったこの同級生に連れられて楽屋に行ったことだ。いともたやすく入り込んだ狭い雑然とした部屋のなかで、黒づくめの服をまとった小柄な浅川は、私たちが高校生であることを知ると、「若くていいわね」と煙草片手に呟いた。その声が耳に残り続けた私は、例の同級生がもう一人の連れと、来週はユーミンのコンサートだとはしゃいでいるのを遠くのこととして聞いていた。

浅川マキのコンサートに行ったのは、一九七四年のことだから、松任谷由美、いや荒井由実がデビューして既に四年が経っていたことになる。一九五〇年代半ばに世に出た寺山修司は、二つの安保に象徴される時代をトップランナーの一人として駆け抜けてきたが、一九七〇年代半ばすぎには、時代が変わりつつあることを感じていたようであり、ユーミンとほぼ同じ頃出てきた井上陽水の歌に、他者との出会いの回路を閉ざしていく若者の姿を重ねて慨嘆している。寺山のそのレポートが書かれたのは、私も既に居たはずの京都大学のキャンパスにおいてであった。

寺山が死んだのは一九八三年。今年でちょうど四〇年が経過した。寺山が感じていた時代の変化は、その後一層激しい。映画《**田園に死す**》エンドロールの背景に東新宿のその支店が写っていた富士銀行などは、バブル崩壊を経てみずほ銀行のなかに吸収されていった。ことに一九九八年から本格的に広がったインターネットとともに急速に普及し進歩してきた情報技術は、たとえばメタバースに如実に現れているように現実と人間の関りを大きく変えている。寺山があの当時考えたこと、書いたこと、そして出会った人々と一緒になって現出させたことは、もはや遠い過去の出来事であるのはまちがいない。

けれども今寺山の遺産を見直してみたとき、そこには、現在の世界で起こっている出来事に重ね合わされうる可能な言葉やイメージが溢れているように思える。メタバースは、具体的現象としてはもちろん寺山が経験しえなかったことではあるが、寺山短歌の剽窃・虚偽の問題が示しているように（第2章）、主体の分裂として寺山の創作のなかにその基本形を現われさせている。ヴァーチャル・リアリティもまた寺山の知るところではなかったが、「現実」もまた一つの虚構であることを暴き続けた寺山にとって、これなど「現実感覚」の一つの現われといってよい（第1章）。進展する科学技術は、人間と世界を細部に到るまでコントロールしようとしてやまない。そうした統御の網のなかにあっても私たちは解放の夢を捨てることはないが、寺山が硬化していく日常に対して、想像力をもって立ち向かい、秩序化された空間の向こうを開こうとしたことは、本書の各章が論ずるさまざまな局面を貫いて現われる。政治的世界に向かって寺山が手掛かりとした「幸福」は、安定した小市民的生活の夢などではなく、むしろ生の偶然性に浸されたものであるし（第4章）、彼が映像制作者たちとのコラボレーションによって作り上げた作品には、今もなお秩序化されない一瞬が類まれな現実感をもってその姿を残している（第3章）。あるいは馬の名前や血統に著しいこだわりを見せる寺山の競馬への関りは、客観性や透明性をもった「予想」とは異なり、「遊び」の場としての偶然性の次元を開示する（第5章）。秩序の彼方は、演劇作品とポスターデザインの内容的なずれ、そして両者の相互の働きかけの場としても現われる（第6章）。そういう意味で、寺山の遺産には、私たち自身の問題を考えるためのヒントが数多く埋まっているのであり、本論集が目指したのは、これを掘り起こすことである。

だが、この遺産が現代性をもっているとしても、そこには同時に夾雑物も少なからず含まれている。乱読多読を積み重ねた寺山が、膨大な知識やイメージを吸収していたのはたしかだが、その仕方がいわゆる「正鵠」を得たものであったかどうかはかなり疑わしい。あるいは彼自身のなかの志向も必ずしも一貫したものではなく、ときとして自ら宣言したものからずれ、相容れないものへと変質してしまっている場合もある。彼は、新劇への抵抗を意図しながら、他の小劇場運動と比較すれば、脚本の優位を始め新劇的なものにずれてしまったし（第7章）、虚構が明滅する場、秩序の彼方の空間としてのナンセンスを意識しながら、それを結局は保つことが出来ず、センスによって埋めてしまった（第8章）。したがって彼の残したものは、「体系」とは程遠いものなのであって、本論集が基本的にもっている寺山像は、頻繁に引用される「百年たったら帰っておいで」というセリフが醸すような時代の先駆者や預言者ではけっしてない。

私たち筆者は、寺山の言葉とイメージを「確固とした真実」の表現とは捉えないのであり、したがってこれを集約し整理すれば、「宝物」が得られるといったような期待は抱いていない。それゆえここでの諸論考は、いずれも彼の言葉をなぞることを以って研究とは考えないものである。むろんそんなことは寺山に関してだけいえることではなく、ニーチェがいったように、どんな過去でも断罪に値するのであり、思考の可能性の束としての過去に対するには、ときとして矛盾し合う一つ一つを吟味しより分けて吸収する批判精神以外にはなく、それは現在の問題に自ら立ち向かうなかで育まれるものである。筆者はいずれも寺山を「専門」とするものではなく、自らの研究分野を別途温めてきたものである。以下に集められた論考は、執筆者が、そのフィールドでそれぞれ育んだ問題意識をもって寺山という遺産にぶつかっていった結果得られた火花のようなものであって、そうした対峙の姿勢をとることこそ、寺山に対して後に続く者が示すべきリスペクトなのだと私たちは考えるのである。

最後になるが、私たちのそうした寺山への敬意を理解し、研究上のサポートを与えてくれた三沢市寺山記念館館長・佐々木英明氏ならびに同館学芸員・広瀬有紀氏に感謝の意を表しておきたい。なお佐々木氏はインタビューの記録を、広瀬氏は館に来訪する人たちの印象をコラムというかたちで、本書に提供してくれている。併せてお読みいただければと思う。

二〇二三年六月二八日

執筆者を代表して　伊藤　徹

迷路を生み出した壁・河田悠三設計

第1章―演劇I

虚構が「真実」になるとき

密室劇《阿片戦争》

伊藤 徹

Toru Ito

京都工芸繊維大学教授

一九五七年、静岡県生まれ。

京都大学大学院文学研究科博士後期課程研究指導認定退学。博士(文学)。

専門は、哲学・近代日本精神史。

著書に、『《時間》のかたち』(堀之内出版、二〇二〇年)、『芸術家たちの精神史』(ナカニシヤ出版、二〇一五年)など。

第1節 実験演劇としての密室劇

寺山修司「思想の基底」

およそ人間の営みは、世界と自己のあり方に関わる理解を伴っている。それは、たいてい暗黙のうちに営みを支えているが、ときとして人はこれを顧み、明るみの内に取りだそうとするのであり、芸術もまたそうした行為の一つだ。この理解は、「思想」という言葉で呼ぶこともできようが、いわゆる「イデオロギー」とは区別されねばならない。後者は、表層に浮かび上がってきた思考と経験のかたちであり、その奥底にはより深い層が潜んでいるのであって、この「基底」にアンカーを落とした制作のほうが、強くかつ長く私たちを魅了する。**《戦艦ポチョムキン》**[1]が今なお私たちの眼を釘付けにするのは、ロシア革命の「正当性」のプロパガンダによるのではなく、この時代に始まった「映画」という新しい世界経験への驚きをそれが宿しているからである。

1——ロシア革命期に黒海艦隊の戦艦ポチョムキン号で起きた水兵たちの反乱を描いた映画。映画史に残る傑作と評価され、後世の作品に大きな影響を与えた。（一九二五年制作、ソビエト連邦、監督セルゲイ・ミハイロビッチ・エイゼンシュテイン）

ここで私が考えてみたいのは、寺山修司という芸術家を支えていた「思想の基底」であり、それを一九七〇年前後に展開された実験演劇、なかでも一九七二年アムステルダムのメクリ・シアターで催された《阿片戦争《あへんせんそう》》から取り出してみたいと思う。そこに展開された演劇空間は、現実の対極に位置する虚構に留まるのではなく、あたかも友釣りの囮《おとり》のアユが野生のアユを取り込むかのように、現実を己れの内に引き込んでその虚構性を暴露する。その結果この作品は、現実でもなく虚構でもないなにものかの群れのなかに人を連れ込み、生きることの別なかたちへの問いを促すものとなったと思うのだが、その場所は今日私たちが生きている空間につながっている。

天井桟敷の活動の変遷

本章は寺山の多彩な活動のなかでも、主として演劇に焦点を当てるわけだが、だからといって「演劇論」を目論んでのことではない。それでもこうして演劇を手掛かりとする理由は、演劇が小説や詩作といった芸術よりも集団的であることや、主体と対象を分けて保つ近代的な鑑賞経験から映画以上に離れていることなどにあるが、それ以外の点も含め「基底」へのアクセスのための演劇のもつ利点は、あとの具体的考察から明らかになるだろう。だが演劇を手掛かりにする以上、まずは寺山のなかでのその活動の変遷を確認しておくことにする。

一九六七年に立ち上げられた「演劇実験室・天井桟敷」（以下、天井桟敷）の活動を振り返ってみると、いくつかの時期に分類することができる。第一期は、異形の肉体などの展示を志向したもので、《**青森県のせむし男**》や《**大山デブコの犯罪**》（ともに一九六七年）などがこれに当たり、第二期は《**書を捨てよ、町へ出よう**》（一九六八—六九）といった、素人に舞台で詩や踊りを披露させたプロジェクトによって特徴づけられる。寺山自身の解説に現われるこの区別は、第一期を一九六七年から一九六九年、第二期を一九六九年から一九七〇年と時期的に位置づけている。[2] そう語ったおそらく一九七二年現在、寺山は自身の劇団がさらに別なステージに移行したことも併せて表明している。彼によると、第一期の「肉体の復権」にしろ、第二期の「職業俳優の追放」にしろ、なお既存の劇場の構造を前提にしていたのに対して、一九七一年から始まった第三期は「我々自身を劇場の制約から解き放つ」ことに目標を定めている。「我々は、幽霊の如くに、市民の怠惰な生活の中に現われては消え、現実とフィクションの壁を突き破っていく」と宣言する彼の念頭にあったのは、まずは劇場を捨てた市街劇だが、「現実と虚構の区別の突破」という同じ志向は、市街劇とは対極に位置しながら並行して試みられていた「密室劇」と彼自身呼ぶ一連の劇にも現われている。これを含む第三期は、寺山自身の時期規定より、やや遡る。最初の市街劇《**人力飛行機ソロモン**》が一九七〇年、密室劇の最初の試み《**ガリガリ博士の犯罪**》が一九六九年年末に公開されており、市街劇が《**ノック**》（一九七五年）で、密室劇が《**疫病流行記**》（一九七五—七六年）でピリオドが打たれたとすると、第三期全体は一九七五年もしくは一九七六年くらいまでと算定できる。その後の「天井桟敷」は、《**奴婢訓**《ぬひくん》》（一九七八年）、《**レミ**

2——天井桟敷〈地下演劇〉編集委員会『地下演劇第六号』一九七三年、土曜美術社、一九四頁（以下、同誌への指示は「地下演劇、号数、頁数」のかたちで記す）。

ング》（一九七九年）、《**百年の孤独**》（一九八一年）など、この劇団の代表作というべき作品を生み出していくのだが、それらは、印刷された脚本だけでも「鑑賞」可能な物語劇となっている上、残っている映像には観客から見られることを意識した舞台上のシーンも少なからず含まれており、第三期までの実験的性格を弱めているように思われる。いわばこの第四期にライブで観た第Ⅹ章の筆者・澤田美恵子によると、《**奴婢訓**》は状況劇場のものをはるかに超えて「これぞ芸術の世界」と感じさせるものだったという。

なぜ密室劇か

さて第三期を構成する実験演劇に着目する理由は、たとえば「現実と虚構の区別の突破」という先に述べたスローガンに寺山の「思想」的基底を露出させているからだが、とりあえずそれは、寺山が試みようとした演劇上の変革、すなわち「新劇」的体制の解体といい換えることもできる。寺山が標的とした「新劇」とは、「現実」世界からやってくる観客に対して舞台上で統一的な物語として構成された「虚構」を提示し、さまざまな悦楽を与えようとするものである。だがこれに右の時期的区分を重ねてみると、天井桟敷が一貫した強度で新劇へのこの対抗的志向を貫いたとはいえないように思われる。新劇への対抗が強く意識された第一期にあっても、《**青森県のせむし男**》であれ《**毛皮のマリー**》（一九六七年）であれ、舞台と観客席の区別は前提となっていたし[3]、《**ノック**》を最後に劇場へ帰っていったあとの作品は、なるほど工夫を凝らしたとはいえ舞台の上でなされた《**百年の孤独**》のように、右記の体制を温存しているともいえるからである。そういう意味で「新劇への対抗」が純粋に試みられたのは、第三期の実験演劇の時代であった。

実験演劇は密室劇と市街劇という相互に逆のベクトルをもつカテゴリーに分けられるが、本章では基本的に密室劇のみを扱う。紙数が限られているということもあるが、市街劇にはなお「観る」という視覚的要素が強く残っていることを、その理由として挙げておく。もちろん《ノック》にも観客を箱に閉じ込め視覚を奪いトラックで見知らぬ土地に運ぶといった試みなどはあるものの、残っているビデオを見る限り、俳優たちによって提供された奇異なパフォーマンスを、観客たちが基本的に傍らに立って眺めているといった感は拭えない。それに対して密室劇は、観客を鑑賞者の位置に置かないだけでなく、視覚そのものに大きく制限を加えるなど、より実験的性格が強く、寺山の思想的基底の明瞭な露出が期待されるのである。

密室劇のなかの《阿片戦争》

密室劇は、寺山自身が数え上げているところでは、**《ガリガリ博士の犯罪》**に始まり、**《邪宗門》**（一九七一年）、**《阿片戦争》**、**《盲人書簡》**（一九七三年）を経て、**《疫病流行記》**に到る五作品である[4]。それらは、いずれも従来の観客と俳優の関係、観客席と舞台との関係を変えていく。「ステージと客席の分離は行われない」といわれた**《ガリガリ博士の犯罪》**の場合、「地下の劇場を一軒の家に見立て」、居間、食堂などに区切られたこの空間に招き入れ

3――伊藤徹『《時間》のかたち』二〇一九年、堀之内出版、四八―四九頁参照。
4――地下演劇、八号、一七頁参照。

られた観客は、訪問者として食堂で食事し浴室で入浴するといったかたちで内部空間を俳優と共有した。[5] 観客と俳優との境界の廃棄は、《**邪宗門**》では暴力性すら帯びる。目隠しをされたままの観客のなかから、突然「一人を名指しておそいかかるや、日本刀、一閃…引きずり上げられた観客はこの劇の衣装を着せられて、「登場人物」に仕立て上げられてゆく」。[6] さらに《**盲人書簡**》は、場内のすべての出口、窓、通風孔を板で打ちつけた空間のなかに観客を引き込む。マッチを擦ったときの灯りしか、視覚が許されない暗闇のなかで、観客はもはや観客としての能力を剥奪され、俳優や他の客との区別を失っていく。《**疫病流行記**》が場内に「幾重かのカーテン」を下して「迷路の壁」のように空間を仕切ったのも、同じ趣向の現われだ。

けれども演劇改変の志向を共有するとしても、それぞれの強度は同じではなく、観劇体制の脱構築の度合いも異なる。《**阿片戦争**》と他の密室劇との差異は、とくに台本がもつ物語性にある。なるほどそもそも実験劇は、前もって指定された台詞からなる脚本を排除していこうとするものだが、《**阿片戦争**》以外の密室劇には、ともかくも読める台本が残っている。たとえば「家族合わせ」のゲームへと収斂していく《**ガリガリ博士の犯罪**》は寺山作品に繰り返し現われる「家」の話だし、《**邪宗門**》で展開されるのも、寺山得意の母子物語の一ヴァリエーションだ。残っている《**盲人書簡　上海篇**》の「台本」は結構厚みのある冊子で、ほとんどがセリフからできている。

それに対して《**阿片戦争**》には物語らしい物語がない。《**阿片戦争**》の現在入手できるテキストはセリフからなる脚本ではなく、いわゆる「箱書き」に近く、「後で整理された記録が台本になった」程度のものである。だがこうした脱物語性にこそ、本章がこの作品に注目する理由はある。要するに他の密室劇は物語性を帯びたことで、観客が自分のものとは違う世界の提示として作品を体験するというかたちで、観劇意識をなお残存させている。それに対して**《阿片戦争》**の脱物語性は、寺山の基本志向、したがってその底にある世界と自己のあり方に関する理解をより純度高く見せてくれるのではないかと思うのである。

5——寺山修司『寺山修司の戯曲4』一九七一年、思潮社、九頁。
6——寺山修司『寺山修司著作集　第3巻』二〇〇九年、クインテッセンス、一九三頁(以下、同著作集への指示は、「著作集、巻数、頁数」で記す)。

第2節
《阿片戦争》という出来事

《阿片戦争》の資料的問題

しかしながら**《阿片戦争》**という作品を「復元」することは、資料的にいって簡単ではない。一九七二年の秋、それに先立つ**《走れメロス》**と、直後にロッテルダムなどへ巡回した**《邪宗門》**に挟まれた時期にアムステルダム・メクリシアターで上演された[7]この作品に関しては、この頃の他の作品に比して情報量が少ない。前年アーネムでなされた市街劇**《人力飛行機ソロモン》**、あるいは一九七四年東京でなされた**《盲人書簡　上海篇》**ですら、少量とはいえ動画映像が残っているが、この作品の映像は数枚の写真があるだけだ。

残っている「台本」も問題含みである。現在読めるテキストは、基本的に二種類。一つは『地下演劇』第六号掲載のもの（以下、『地下演劇』版と略称）であり、もう一つは『寺山修司戯曲集2　実験劇篇』[8]（以下『実験劇篇』版と略称）所収のものである。『寺山修司の戯曲7』[9]にもテキストが載っているが、これは後者と同じだ。『地下演劇』版と『実験劇篇』版を見比べれば、前者がオリジナルであるのはまちがいない。『地下演劇』版は、冒頭に寺山ほか森崎偏陸《へんりっく》・小暮泰之など団員六名の記名をもつ「『阿片戦争』のためのスタッフ会議における申し合わせ事項」、ならびに指針を示した「ノート」をもち、そのあと個々のパートに関する概要を記した「テキスト」とそれに対応した「上演記録」が並べられる、といったかたちで構成されている。それに対して『実験劇篇』版では、寺山以外による「申し合わせ」が削られ、『地下演劇』版での「上演記録」がタイトルを「テキストに関するノート」と変えられるとともに、文章も一部削除され変更が加えられている上、『地下演劇』版ではあらかた添えられていた台本・演出の責任者名が削られている[10]。

それでも以上のことは、些細な改定といえばいえないこともない。けれどもここでの底本として『地下演劇』版を単純に選択できない事情がある。それは、劇全体のラストシーンに関わることで、『実験劇篇』版は、その直前あたりから、『地下演劇』版の上演記録を大きく改変し、かなり長い「演説」を挿入している。この「演説」は二段組みで十四頁にわたる長大なものだが、これは、もともと雑誌『現代』一九七二年五月号に「わが連合赤軍論　14人の死ははたして悪夢だったか　幻想の国家から召集された兵士たちの粛清劇は

7——『迷路と死海・わが演劇』掲載の上演記録では《阿片戦争》は「アムステルダム他、各都市」で催されたとなっているが（寺山修司『迷路と死海・わが演劇』一九七六年、白水社、二二五頁（以下、同書への指示は「迷路と死海、頁数」で記す））、天井桟敷の一九七二年のヨーロッパ公演の記録を辿ると、アムステルダム・メクリシアターの期間以外に、割り振るべき会期が見当たらないし、この作品の特徴をなす劇場空間の物理的な機構が、メクリシアター以外で許されたとは思いがたいからだ。高橋咲『一五歳　天井桟敷物語』一九九八年、河出書房新社、一八七頁以下も参照。同遠征に参加した佐々木英明からも《阿片戦争》は他ではなされなかったと聞いている。

8——寺山修司『寺山修司戯曲集2実験劇篇』一九八一年、劇書房（以下、同書への指示は、「実験劇篇、頁数」で記す）。

9——寺山修司『寺山修司の戯曲7』一九八七年、思潮社。

10——こうした削除は、「寺山修司戯曲集」と銘打つところからくるのかもしれない。『地下演劇』版で寺山の演出・台本という記名がなされたものは、比較的そのまま残っているのに対して、他の団員のものは縮小されている傾向が見られる。

何を物語る」というタイトルで発表された寺山自身のエッセイ全文である[11]（以下、「森恒夫《もりつねお》論」と略称）。要するにこれは、前年一九七一年暮れから翌春にかけて起こった「連合赤軍事件」についての寺山の見解表明であり、テキストそのものはヨーロッパ遠征に先立って発表されていたわけだ。だがこの「政治的」テキストと《阿片戦争》とをつなぐものは即座には思いつかないし、だいたいがオランダの「観衆」に向かって極東の新左翼運動のことを論じても通じるはずがない。[12]《阿片戦争》が、《邪宗門》とちがい帰国後の凱旋公演を伴わなかったとすれば、この「演説」は出版の段階で、初めて入れられたと想定すべきである。もっともそれならそれで、この「挿入」の意味を考えてみる必要があるが、ここでは立ち入らない。

ところで『地下演劇』第六号には、いま見たオリジナル版とともに、上演後の総括シンポジウムが掲載されている。このシンポジウムにも当然「森恒夫論」演説の痕跡は見当たらないのだが、この記録は、《阿片戦争》を想起するにあたって、テキスト上の混乱を幾分なりと補正してくれる。それは、《阿片戦争》をほぼ進行の順番にしたがって、パートごとに反省したものとなっており、もともとの意図と実践とのずれや、寺山を含めメンバー間の意見の相違も合わせて記録しているので、ちがった角度から上演の実際について教えてくれるからである。もちろんこの記録にも、ドキュメントとして不備がないわけではないが[13]、それでも、ともに付された斎藤正治によるレビュー「「阿片戦争」分析」とともに、作品理解に寄与するところが少なくない。

《阿片戦争》の諸実験

《阿片戦争》は十四個のパートからなる作品である。それぞれに一応名前をつけて挙げておくと、以下のとおりになる。

①入り口としてのメクリシアター裏口 ②広間と壁の設置 ③検問所 ④梁でのじゃんけん ⑤地下室1（生きた小鳥を壁に塗り込める苦力） ⑥地下室2（古い蓄音機のレコード） ⑦地下室3（西洋将棋をさす二人） ⑧暗室（アドニス写真館） ⑨航海室 ⑩神かくし ⑪人形吊りの場面 ⑫口の中の迷宮 ⑬惰眠飯店 ⑭阿片窟[14]

ただこうして名前を並べてみても、この劇全体をイメージすることは、ほとんど不可能だ。だが統一的イメージの不在がこの「作品」を特徴づけているのであって、「作品」よりも「出来事」と呼ぶ方がおそらくは相応しい。したがってここでは、統一的要約を試みるよりも、そこで起こった事柄の基本性格を抽出することによって、この作品を紹介しておくことにしよう。

劇は、やってきた観客をエントランスから裏口に誘導して広間に入れ、団員たちが組み立てた金網の迷路で閉じ込めることから始まる。すなわち彼らには、観客席も眺めやる舞

11——このエッセイは、一九七四年に出版された『死者の書』に「森恒夫論」として所収されている（寺山修司『死者の書』一九七四年、土曜出版社、九—二六頁）。

12——佐々木英明は、筆者の質問に答えて、メクリシアターでのこの演説の朗読を否定している。

13——誤字や読点のつけ間違いと思われる個所も多いが、とくに混乱を招くのは、発言者の記載ミスで、たとえばサキノフ（佐木信夫）と佐々木英明の名前の混同が数ヶ所認められる。幸い佐々木自身の助けを借り訂正して読むことができた。

14——地下室のナンバリングは、『地下演劇』版に拠る。

台も与えられない。観客が居る、その場自体が劇空間になる。あるいは、観客自身が劇になる。いわく「観客は劇場で「劇」に待ちうけられているのではなく、まず閉じ込められ、闇の中で自らが「劇場」化してゆく」。実験演劇全体に通じる特徴である劇場構造の解体は、ここではこんなかたちで現われる。

もはや「観客」とは呼びがたい彼らは、金網で迷路と化した空間のなかをさまよう。この移動を導くのは、「犯」という名前の中国人亡命者を探せという呼びかけしかない。演劇のなかのパフォーマンスを統率するものがプロットだとするならば、《阿片戦争》にあるのはこの「犯」という名前だけだ。最後まで不在にとどまるこの中国人は、かつて本当に居たのかどうかさえ分からない。つまりこのプロットは、内容がほとんどなく、物語の構成への意欲を萎えさせる。そもそも「阿片戦争」という名称を担いながら、この戦争の歴史的意味は、諸パートでなされる演技になんの物語的位置も与えないのであって、「犯」という名前は、内的な意味統一の稀薄さに加え、作品外部の物語との関係も遮断して、ほとんど物語臭のない空間を現出させる。これが先に他の密室劇から《阿片戦争》を際立たせようとして注目した脱物語性の特徴である。

当然のことだが、最小化されたプロットとしての「犯」は、劇のなかに巻き込まれた観客たちをさまよわせるだけだ。実際には天井の梁のパート④から地下室の三パート⑤⑥⑦へと団員が観客を「誘導」することもあったようだが、総括シンポジウムでは「地下から音が聞こえて観客が勝手に行くというふうにした方がいい」と大谷静男がいい、寺山もまた「誘導してはいけない芝居だった」とフォローしている。観客の彷徨は、通常の演劇のように順番を固定されたシーンとちがい、パートを任意に選択していくわけで、パートの側からいえば、それぞれは同時進行的に演じられることになる。実際地下室の三つのパートや、次に触れる「暗室」⑧と「航海室」⑨のパートは同時に催されていたという。

今述べた地下室のパートの一つでは、蓄音機のレコードが劇のあいだ回り続けていたという。聴覚は通常の演劇でも音楽演奏によって利用されるが、この演劇では、聴覚以外にも多様な感覚経験が持ち込まれた。なかでも「暗室」⑧のパートにおける触覚経験の導入は、観客を巻き込んだ性行為として実践され、観客の一人を椅子に固定し目隠しをしたまま愛撫してオーラルセックスにまで及んだという。寺山自身「世界演劇史上おそらくははじめて」と評したこのパフォーマンス以外にも、「惰眠飯店」⑬のパートは「人肉スープ」の提供といったかたちで味覚も導入したが、観客を眠り込まそうとスープに睡眠薬ブロバリンを混ぜ込むなど、スキャンダラスなところをエスカレートさせた。だが、ここではそうした点に注目するより、多様な感覚経験の導入が、視覚の優位の奪取と連動していたことを指摘しておきたい。最初に観客を閉じ込めたのは金網でできた迷路だったが、経費上の理由からそうなっただけで、寺山は「透視できることになって」「完全密室」を作りえなかったことを悔やんでおり、先にも触れたように**《盲人書簡》**で演劇空間の暗室性を極度に高めたことを思えば、視覚の力の削減の志向は密室劇共通のものとみなすべきだろう。

最後にもう一つ際立たせておきたいのは、創作主体の複数性である。それぞれのパートは、異なるメンバーに担当が委ねられたのであり、蓄音機が回っていた地下室の一つは佐々木英明、「暗室」は森崎偏陸、「惰眠飯店」はJ・A・シーザーといった具合だった。そのことは、プロットの最小化とも相俟って、パート相互の独立性もしくは関係性の稀薄さを亢進させる。シンポジウムで改めて確認してみても、それぞれの演出意図はメンバー間ですらなかなか共有されていない。とりわけ「航海室」のパートはその最たるもので、「時間を空間によって解体する」という主催者・小暮泰之の説明は、寺山も含めメンバーの理解を得ることができないままとなった。制作主体の複数性は、「独創的芸術家」という寺山のイメージと相容れないかもしれないが、そもそも「寺山修司」という名称は、基本的に一種の商標のように受け取ったほうがいいと私は考えている。[15]

第3節 虚構の「真実」と「時」

「現実のべつな転回」

《阿片戦争》という作品は、かくして劇場構造の解体に始まり、脚本の最小化による物語の統一力の削減、各パートの同時進行性、視覚の力の縮小とその他の感覚の援用、制作主体の複数性と全体の断片化といった、通常の演劇にはない実験的要素を導入したわけだが、それは観客の観劇意識の奪取へと差し向けられていた。通常の劇場構造は舞台と観客席を区別することによって、観客に定点を提供し、そこから遠近法的に眺められたものとして、演技世界の統一性への期待を掻き立てる。各シーンが密接な関係にあり、それを束ねる視点が背後に存在すると想定する、こうした期待感は、舞台との距離とともに、視覚に優位を置いた経験によって支えられている。というのも視覚以外の感覚は対象との距離を減じさせて一体感という名のカオスへと導くからだ。**《阿片戦争》**に現われた劇場の解体を始めと

15——それは実験演劇以外にもいえることで、たとえば普通寺山の発案とイメージされがちな「力石徹の葬儀」は、東由多加が持ち込んだ企画だと森崎偏陸は語っている（森崎偏陸『へんりっく　ブリキの太鼓』二〇〇九年、ワイズ出版、三九頁）。

する諸要素は、こうして形成されている安定した観劇意識の破壊に向けられていたわけだ。ただし寺山の意図は、単にこの安定感の打破に終わるわけではなく、観客が劇場に携えてくる現実感覚にゆさぶりをかけ、これを別なものへと変質させようとするところにある。市街劇《ノック》についての言葉だが、「劇化」とは「現実原則に、異物をはさみこむことによって、その現実にべつの転回点を与えること」（地下演劇、七号、三四頁）である。《**阿片戦争**》の狙いも、劇場空間の内部に留まらない。

阿片戦争の終幕

総括シンポジウムは《**阿片戦争**》の終幕を巡って、かなり紛糾している。寺山が考案し実行したのは、例のブロバリン入りのスープが残した意識朦朧状態のなかで互いにエロティックに触りあっていた「阿片窟」の観客・俳優たちが突然明るみに晒しだされると、金網などの虚構現出装置が取り払われていて、白けた「現実」に戻るというものだったが、寺山自身とプロデューサーの九條今日子を除けば、メンバーは、この終わり方に対して口々に不満を表明した（地下演劇、六号、七三頁以下、および迷路と死海、一六一―一六二頁）。

たとえば「はじめは、終わりのない劇にしようということだったが、結局、きれいに終わってしまった。あれは非常に不満だった」という大谷静男に対して、寺山は「演出家的な判断」を強調するのだが、森崎は、「「演出家として」という発想自体がもう、古くさいんだよ」[16]と辛らつに返している。紛糾は当然といえるのであって、「終幕が劇全体を支配するなんて考えていたら、絶対、古典演劇になってしまうよ」といった大谷の発言などは、統一性を壊そうとしてきた全体の流れとの矛盾をついている。

もっとも、「実際にいつまでもやっているわけにいかない」といった、九條が気にしている劇場運営などの事情は置くとしても、大谷や森崎たちが望んだようにデカダンス的世界を果てしなく続けた場合も、やはり劇の基本志向と合わない可能性が生じてくる。異常な事態であっても、続けることでそれが常態化するのは、戦争時などを思えばありえないことではなく、その結果劇空間が一つの「現実」となって、虚構性の意識が稀薄化してしまいかねないからだ。寺山がかの終幕を提案したのは、なるほどいわゆる巷の「現実」への帰還に終わるかもしれないが、「阿片窟」を崩すことによって、それが虚構であることを改めて確認した上で、帰るところの「日常」自体の虚構性の覚醒も同時に促すという戦略に基づいてのことではなかっただろうか。シンポジウムの寺山は、「現実と虚構——あるいは二つの虚構が入れかわる」とか、「慣れてしまったフィクションを、もう一つの「現実と云うフィクション」が崩してしまう」とかいった具合に、終幕の取り方を二つの虚構の突き合わせの試みとして説明している。

終幕としての「森恒夫論」

そう考えてみたとき、問わないままにしておいた「森恒夫論」の挿入の意図も、おぼろげながら見えてくるように思われる。このエッセイは、連合赤軍の事件をあくまで「政治」的出来事として扱おうとするものだが、寺山のいう「政治」とは、歴史的必然性が生み出

16——このセリフは前掲『迷路と死海』のみにある。

した「事実」ではなく、「偶然を組織化する想像力の産物」、すなわち「虚構」にほかならず、演劇と同質のものである。だから彼は、森たちが見たものを「蜃気楼」だと批判した政治学者・勝田吉太郎に対し、「蜃気楼」でない革命などありえないといいかえす。いわく成功した革命も、連合赤軍の行為を「狂気」として葬り去ろうとしている既存の権力体制もまた、別な「蜃気楼」なのだ。その証拠に覇権をとった物語は、「血のつまった袋」[17]を破るという同じ行為を、ベトナム戦争でそうだったように、英雄的なものに変質させているではないか。そうした体制に乗っかって浅間山荘の銃撃劇をテレビで見ているお茶の間の日常も、一枚めくれば足元に暗黒が広がる作り物にすぎない。このような見解が「森恒夫論」の一つのメッセージだとするならば、それは、劇作品としての成功云々は置くとしても、さまざまな虚構が解体した後「現実と云うフィクション」がフィクションとして現われるという《**阿片戦争**》の終幕と結びつきうるのではなかろうか。

　人は通常、なにかが現実的であること、もしくは実在的であることを、圧迫感や抵抗感として捉えており、哲学的にもそうした考えは存在する。したがって多くの人は政治的なことを「現実」の代表とイメージしており、「政治的現実」といったタームはごく自然に通用している。けれども政治的現象はそうした圧迫感をもちながらも、常に虚構と手を結んでいる。とりわけ権力が人々に強い圧力を加える革命や侵略などにおいて、「今ここ」を超えた理念的陶酔とでもいったものが現われることは、歴史的に幾度となく経験されてきたことであろう。寺山は偶然を想像力によって組織化する点で政治は演劇と同質だとしたが、それは、近代政治学の始まりに、『君主論』のマキャベリが、政治を偶然（fortuna）と徳もしくは力（virtù）の絡み合いとして考えたことへと私たちを導いていく。

ヴァーチャルなものとしての「現実」

浅間山荘事件をテレビで見ていた寺山の時代以上に、今日政治はマスメディアと結びつき、その虚構性を強めているように私には思える。すなわち瞬時に伝えられる政治的出来事は、既にさまざまな脚色の痕跡を拭いがたく宿しており、そこで生ずる感情がまた状況へとフィードバックして働きかける。政治的現実が私たちを巻き込んで大規模な芝居として展開されていくなか、情報量の増加とその伝達の加速化にもかかわらず、「事実」なるもの、寺山が銃弾によって切り裂かれた「血のつまった袋」という言葉で表現したものとの接触感は減じていく。私たちを取り巻く平穏な日常的「現実」もまた、たとえそこに無意識に泥んで「自然」化していようとも、情報の流入によって作られ織り直されていくものであることは、隠しようもない。たとえば日常を構成する消費生活――これを駆動していく欲望は、私たちの内から出てきたものの見かけを装いながら、メディアを通して外部から流入してくる多様な情報が産みつけた卵から生まれ育ったものたちである。その侵入力の強さは、一度でもブラウザで検索したとたん、類似の情報が購買欲を掻き立てんと次々と飛び込んでくるという日々の経験から実感することだ。「仮想現実（virtual reality）」とは、特殊なデヴァイスだけが生み出す蜃気楼ではなく、自己を含め現実全体が力（virtù）によって「再組織化」されたものとして現われ出る私たちの日常そのものの名前である。

17――フランツ・カフカ『兄弟殺し』に由来する言葉。

こうして「現実」が総じて作られたもの、すなわち「虚構」であることは、私たちから、思考や行為のベースとなるものを奪い去っていく。考え行為するために「事実」や「真実」といったものを求めても、見いだされるのは作り物ばかりだからだ。と同時に「現実」だけでなく、「虚構」もまた、「現実」の対義語として理解できなくなるゆえ、不明の内に沈んでいく。したがってここにあるのは、「現実」とも「虚構」ともいえぬなにものかの群れだ。この「なにものか」、名前を欠いているがゆえに、とりあえずやはり「虚構」と呼んでおくことにする、このものは、産出のベースとしての「真実」なり「事実」なりが欠けている以上、選択にとっては等価な物語といわざるをえまい。寺山の思想の根の先が触れ、今日の私たちの世界につながっている空間は、生にとって御しがたい不気味な世界だ。

「再創造」される「真実」

いかに不気味であれ、私たちはこの「なにものか」にまみれて生きていかねばならない。寺山が演劇化によって現実に与えようとした「べつな転回点」もまた、一切の虚構化の確認に終わらず、そうした状況のなかでの生き方への問いを私たちに突きつける。

終幕として付加された「森恒夫論」には、次のような一文がある――「歴史について語るとき、事実などはどうでもよい。問題は伝承するときに守られる真実の内容である。虚構であるゆえに他国であり、手で触ることのできない幻影である『過去』をしばしば国家権力が作りかえて伝承してきたように、ぼくたちもまた、時の回路の中で望み通りの真実として再創造してゆく構想力が必要なのである」（実験劇篇、一九一頁）。寺山のいう「真実の再創造」とはいったいなにか。「事実」と「真実」を区別し、「過去」を「虚構」や「幻影」

と同一視したこの文章は、通常の字義にしたがっていては読めないが、寺山の思考を追ってきた私たちは、それが含意するところのもののそばまで来ている。

この文には「実際に起こらなかったことも歴史のうち」という寺山が繰り返す歴史観が共振している。彼のいう「幻影」としての「過去」とは、私たちが今まで見てきた競合する「虚構」の群れのことであり、もちろん日常的現実も、それとつながっている支配的政治体制もそこに属している。突然生まれたものではなく、過去から伝承され作り変えられて現在にあるそれらは、人間がそうでありうるかたち、すなわち行為を始めとする人間の存在の可能性であり、一定の物語を構成するよう連関をなしていて、それに帰属する者に生のかたちを与える。そうした連関は可能性であるかぎり、現実化していないもの、しなかったものも含むゆえ、当然「実際起こらなかったこと」も「起こりうる事柄」として歴史に属するといえるわけだ。そもそも「ルビコン河を渡った」という言葉は、「渡らず留まった」という、起こらなかったもう一つの可能性とともにあって初めて歴史的意味をもつ。

しかしながら「伝承するときに守られる真実」とか「真実として再創造する」とかいったことは、どう考えられるのか。過去から伝承されている可能性の選択や実現の問題として、これを受け止めるならば、その正当性を保証するものは、どこにあるのか。「森恒夫論」に関していえば、連合赤軍が見た「幻想の国家」の選択を正当化する言説は、ここにはない。そもそも或る国家が別な国家より、一般的には或る虚構が別な虚構より、その内実において優れているとすることは、不可能だ。そもそも試金石となりうる「事実」を否定したあとで、なにが虚構の「内実」の真実性を保証するというのだろう。さらに優劣の判断を行なうための、いわゆる「現実」も含む一切の虚構を超越した視座など、寺山の思考のなかでは確保不可能だ。ならば、「再創造された真実」の「真実性」とはなんだろう。

開かれた虚構

一九六八年から六九年にかけてというから、実験演劇が開始され始めた頃、寺山は『現代詩手帳』に一連の詩論を連載したが、そのなかで寺山は「集団による詩」というタイトルで、私たちが《**阿片戦争**》に見た制作主体の複数化を、詩作に関しても進めようとしている。彼は中井正一の「集団的芸術」、あるいはジャズのフリー・インプロヴィゼーション、さらにジャン・リュック・ゴダール《**気違いピエロ**》（一九六七年）のセリフなどを引用しながら、詩の作者の複数化を勧める。

> 一行の言葉が、他の一行の言葉の母となる。私の言葉が、誰かの言葉を孕んでいるのだとすればそこにはこだまの力学が、相聞詩の可能性をささえているのだということが出来るだろう。[18]

一行の詩句は、ミニマムなものとはいえ、一つの虚構である。寺山はここで、虚構が別な虚構を誘発し、それと戯れることをポジティヴな可能性として語っており、それには虚構がそうした触発に、つまり「私の言葉が誰かの言葉」に向かって開かれたものでなければばならないという。彼は逆のケースとして飯島耕一の詩「肉体と心」を挙げ自己の世界に閉じこもる言葉の産出を忌む。飯島のような私的独白に対する「集団による詩」のプリファレンスは、ジャズなどの意匠をまとっているとはいえ、寺山が第一歌集『空には本』のあとがき「僕のノオト」で、伝承されてきた「様式の再認識」の要求として、「冗漫に自己を語りたがることへのはげしいさげすみ」とともに宣言していたものでもある（著作集、一巻、九七頁）。寺山は、そうした由来を思い起こさせつつ、「集団による詩」の実例として「連歌」を挙げる。引用されているのは、古典的なものではなく、同時代の塚本邦雄らによる試みだが、寺山は「一行ごとに作者が交代してゆく」この連歌の営みに「「閉じられた」詩の思考を「開かれた」世界へと持出してゆきたいという願望」（暴力としての言語、九九頁）を認める。

けれども寺山は、どうして「閉じられた」思考より「開かれた」思考を選ぶのか。虚構間の選択の理由、いってみれば虚構のもつ「真実」につながる、それを、この詩論の寺山は、「時」という言葉によって示唆している。

「時」のなかの「出会い」

「閉じられた」思考を代表する飯島の詩「肉体と心」が「一篇の詩によって一人の女に話しかけるという「時」のテーブルを避け」（暴力としての言語、八九頁）て、自分のなかに閉じこもっているのに対して、「詩の中での「時」の回路といったものは、本来無政府主義的な

18——寺山修司『暴力としての言語——詩論まで時速一〇〇キロ』一九七〇年、思潮社、七五頁（以下、同書への指示は「暴力としての言語、頁数」と記す）。

本能に枠組（カードル）を与えようとする間接的な人間関係にむすびついて」連歌を歌う塚本たちを「救っている」（暴力としての言語、一〇二頁）。

「「時」のテーブル」、あるいは「森恒夫論」からの引用にも含まれていた「「時」の回路」――「時」への態度の取り方と詩における、したがって虚構における思想の開閉を結びつけていることはたしかだが、「時」が詩もしくは虚構の選択にどう働きかけると、寺山は考えていたのか。彼自身は、「時」そのものにことさら思考をこらした形跡はないし、さらには常に背景へと退いていく「時」とイメージ化されたそのかたちとの間の[19]区別を明瞭には意識してはいなかったが、彼が集め書き留めた言葉のなかには、捉えられない場としての「時」の力が潜んでいる。

　少なくとも虚構が生成消滅する場である「時」、常に背景に留まる「時」がそれ自体で、生じては消えていくものに優劣の刻印を与えることはありえない。寺山にとっても、それは読まれた詩句と生まれてくる詩句との間の「一瞬の大暗黒」としてしか現象しない。けれどもなにも指図しないこの「大暗黒」、むしろ眼差しを拒むこの暗闇として「時」は、詩句と詩句との出会いを促す、と彼は考える。「誰もが、その大暗黒を見まいとして、前句者の一行の意味を共有し、共同の幻想のなかに浸っているような錯覚」を引き起こす（暴力としての言語、一〇〇頁）。

　生まれるのは「幻想」にすぎず、文字通り「時」とともについえ去っていくだろう。だが私的独白のような閉鎖的フィクションが、己れを「時」という「大暗黒」の「テーブル」に晒さず、したがって変化を拒絶し、しいては「可能性」としての本質を隠蔽し絶対化して「時」の場からイカロスよろしく飛び立とうとするのに対して、連歌的詩句は、他の詩句の誕生を待ちつつ「時」の場に留まるのであり、他に働きかけ他から働きかけられるといったかたちで、変化に晒されている。絶対化されないそれは、可能性であり続ける。寺山のなかで、虚構の選択や実現の正当化、虚構のもつ「真実」について考えるならば、他に開かれ他に働きかけることへと「回路」づけられた仕方で「時」の場に立つこと以外に審級となるものはないのではなかろうか。この「真実」は、いうまでもなく「事実」との「一致」ではない。それは虚構と虚構との間の事象であるとはいうものの、外部から判定される「整合性」などではなく、矛盾すら示しつつ推移していく「出会い」の体験である。

寺山もしきりと口にしていた「出会い」という言葉は、天井桟敷実験演劇の時代、つまり資本主義と争ったコミュニズムという「普遍性」を主張した大きな物語が「現実」との争いのなかで解体し、別な方位に解放を求めようとした時代のキーワードであり、同時代のそこここに響いている。寺山が「「時」の回路」とそこでの「真実」を、私のように可能性としての虚構が他の虚構に向かって開かれ己れを譲り渡していくといったかたちで考えた証拠は見当たらない。けれども実際に考えられなかったことも、思想の内だ。後の解釈者がなすべきは、実際に語られた思考を集め記録することではなく、考えられないままだった可能性をも蘇らせることではあるまいか。少なくとも私はここで、「時」の場のなかでの「出会い」の可能性を、寺山の遺産のなかから自分なりに「再創造」してみたかったわけである。

19——前掲『《時間》のかたち』とくに序章を参照されたい。

第2章 言葉

居場所としての言葉

寺山修司の自分語と詩的表現

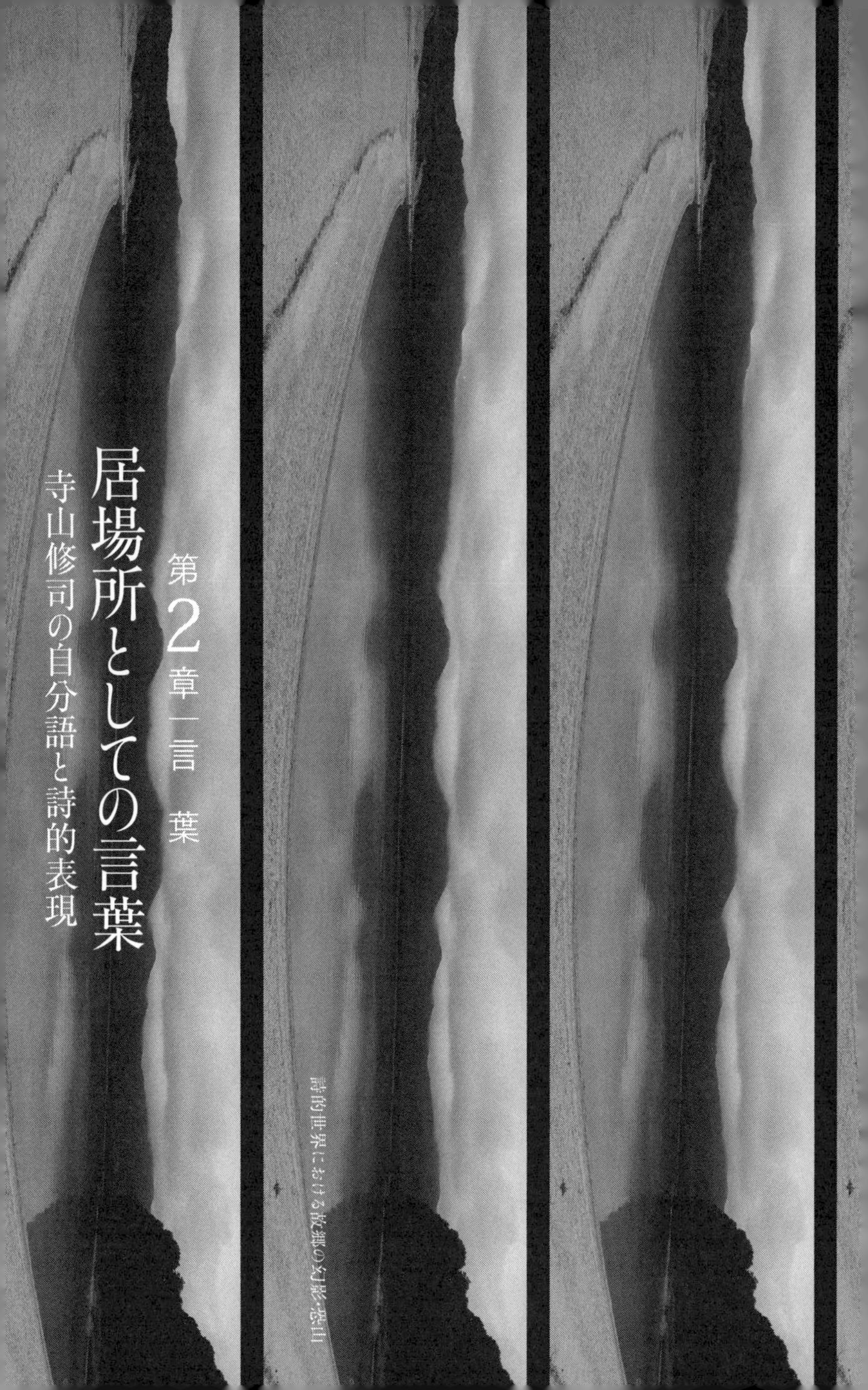

詩的世界における故郷の幻影・恐山

澤田美恵子
Mieko Sawada

京都工芸繊維大学大学院教授
一九六二年、京都市生まれ。
工芸評論家。
大阪外国語大学大学院
外国語学研究科修了。
博士（言語文化学）。
著書に、『詩とモノを創る営み
――わかりえなさを抱きしめる』
（ナカニシヤ出版、二〇二三年）
『やきものバイリンガルガイド
JAPANESE POTTERY』
（小学館、二〇二〇年）など。

第1節 定型詩との出会い

なぜ寺山は若者に共感されつづけるのか？

私は十歳の時から俳句を作りはじめた。

そして今は短歌を作っている。

定型詩の魅力が私をとらえて離さなかったと言えば嘘になるのであって、私はこの伝統ある日本人の「大衆詩」に、どっぷりと首までつかってしまったら抜けられなくなってしまったというのが本音である。

歌壇俳壇は言わば泥沼である。そこには日本人の精神構造の、一番うすよごれた部分、一番後進的な部分とともに一番愛すべき部分もまた潜んでいるのだ。　一九六六年ノート[1]

1——寺山修司『寺山修司全評論集　上　思想への望郷　芸術論・青春論』一九六七年、大光社、六八頁参照。

この文章は、一九六六年のノートに書き綴られたというから、寺山修司が三〇代に入り、「天井棧敷」の旗揚げ準備をしていた頃に書かれたものだ。長く続く「いざなぎ景気」に入っていた当時の日本は、六月にビートルズが来日するなど、明るい兆しを感じる時代であった。それに対して「俳句を作りはじめた」とノートに記された時期は一九四六年、敗戦直後で、寺山が住んでいた青森市は空襲で荒れ果て、母と二人で三沢市の親戚を頼って移り住んで間もない頃である。三沢で母は進駐軍のベースキャンプで働き、一〇歳の修司は東北の暗く冷たい家で一人過ごす時間が長かった。今ならシングルマザーが子どもをネグレクトしていると言われるような状況だったろう。

寺山修司は、孤独な子ども時代に俳句という定型詩からはじめ、生涯様々な創作の実験を行った。俳句から短歌へ、そして小説、詩劇、演劇、映画と実験は続いた。現在、寺山の短歌は高校の国語教科書に掲載されているため、若い世代は寺山を教科書の短歌から知ることも多いだろう。生きている母を亡き者として短歌に詠み込むことさえ厭わない寺山の詩的表現に、通奏低音のように響いている孤独は、今の若者にも届くようだ。例えば、二〇一七年に寺山の小説『あゝ、荒野』を原作とした映画に若手人気俳優・菅田将暉が起用されたが、彼はこの作品で日本アカデミー最優秀男優賞を受賞している。死後四〇年を経てなお、寺山の言葉が若者たちに共感を呼ぶのはなぜだろうか。

この章では、寺山が定型詩を創っていた時代、一〇代から三〇代の自伝的記憶の言葉を中心に追いながら、「自分語」と呼んだ話し言葉と、書き言葉である詩的表現が、寺山修司にとって、どのような存在だったのか、さらに、なぜ若者が寺山の詩的表現に共感するのかについて考えてみたい。本章は、従来から議論されてきた寺山修司の「私」の問題、「虚構」の問題に、認知言語学の立場から迫るものである。

青森の話し言葉の世界

さて、寺山が定型詩を創っていた時代の青森方言の状況はどのようなものであったか。言語学者の此島正年《このしままさとし》は、次のように分析している。

> 青森方言は大きく津軽弁と南部弁とに分れる。そして、津軽弁は日本海がわの津軽五郡（中・南・東・北・西）南部弁は太平洋がわの三群（三戸・上北・下北）に行なわれる。（中略）中央に南北に奥羽山脈が走って東西にはっきりと区分され、その西がわが津軽地方、東がわがいわゆる南部地方で、両者はかなり気候風土を異にし、古代においても相互の交通はそれほど頻繁ではなかったろうと思われるが、封建時代には津軽藩・南部藩に分れて別々の統治の下にそれぞれ独自の生活を営んだため、言語の差もいっそうはっきりしたのであろう。明治になって両者が合一して青森県となってからも、なかなか完全な融合が行なわれず、言語における津軽弁・南部弁の別はいまだにはっきりしている。[2]

二〇二二年現在もなお、津軽弁と南部弁は発音、語彙、文法が大きく異なる。例えば「だ

2——此島正年『新版青森県の方言』一九六八年、津軽書房、一九―二〇頁参照。

めだ・よくない」は、津軽弁では「マイネェ」、南部弁では「ワカンネ」、「恥かしい」は津軽弁では「メグセェ」、南部弁では「ショシ」のように、子どもが良く使いそうな言葉でもかなり違う。もちろん語の違いは文化が異なることも示唆している。

　では、寺山の幼少期から青少年期の言語環境を追ってみよう。一九三五年一二月一〇日生まれとされる[3]寺山は、父が警察官であったために、幼少期から青森県内を何度も引っ越し、父が戦争で亡くなった小学校以降も移動を繰り返している。それは津軽弁と南部弁という異なる言語環境間のものが多かった。

　父は三沢市出身南部弁で、無口なうえに育児に積極的に関わる時代の男性ではない。また修司が最後に会ったのは五歳のときだ。「父は、刑事のくせにアルコール中毒だった。家に帰ってきてもほとんど無口で、私に声をかけてくれることなどまるでなかった」[4]と、寺山は回想している。彼は生まれてからしばらくは、弘前《ひろさき》、浪岡《なみおか》、五所川原《ごしょがわら》、青森といった津軽方言が話される場所で育つ。五歳で南部方言圏の八戸に引っ越し、幼稚園に入園するが、父が召集され出征したために、その年、津軽方言圏の青森市へ母と二人で転居し幼稚園も転園する。六歳で青森市橋本国民学校に入学するも、九歳の時に青森大空襲で焼け出され、母と逃げ、その五日後に終戦をむかえる。さらにその一ヶ月後には、南部方言圏の三沢に移り、母とともに叔父が営む寺山食堂の二階に間借りし、古間木《ふるまき》小学校に転校している。

　つまり、寺山は言葉を獲得していく時期に、南部方言と津軽方言が使用される異なった文化圏間を、小刻みに移動していたことになる。寺山は一人っ子で、同じ言語環境で育った兄弟もいないため、母からの津軽弁での話しかけが唯一安定した言葉のインプットであった。

敗戦後の動乱期、小学校での教育も落ち着いたものではなかった。寺山が生まれてから一番長く共に過ごした母が進駐軍のキャンプで働くようになると、母は夜すら帰ってこないことが多くなり、寺山は一人で過ごす時間が増えていく。その頃、寺山は俳句を作りはじめたことになる。

寺山修司と東北方言

寺山修司の話し方には、東北方言の訛りがあるように思っている人は多いのではないだろうか。私もまた同様のイメージをもっていたが、一九七七年の「徹子の部屋」に寺山が出演した映像を観察してみると、語彙は標準語だが、発音とイントネーションから、標準語と異なるところが見えてくる。そこに寺山の幼少期の言語環境を重ねてみると、寺山が話していた「東北方言」の内実はなんだったのだろうかという疑問が生じてくる。

では「徹子の部屋」に出演している寺山の発話で、内容もまた本章に関係している部分を文字に起こしてみよう。

3——堀江秀史『寺山修司の一九六〇年代——不可分の精神』二〇二〇年、白水社、五〇—五三頁に、寺山の誕生日や居住地の移動について詳細に考察されている。

4——寺山修司『誰か故郷を想はざる』一九七三年初版、角川文庫、二〇二一年版、九頁参照。

黒柳・おいくつの時から詩を書き始められたのですか。

寺山・そうですね。非常に子どもの頃から、ものは書いていたんですね。

黒柳・どんなものをお書きになっていたんですか。

寺山・小説を、小説というか、話をつくるんですね。結局、親がいなかったでしょ。で、一人で暮らしていたんですね。何かおもしろい話をしないと、人があんまり遊びに来ないんで、正当防衛ですよ。なんかこう狼が来たの少年みたいなもんでね。口からでまかせでいろんなことを言って、友達を集めていたんですね。ま、詩でも小説でも、結局は上手な嘘のつき方ということですかね。[5]

このように文字だけを追うと、標準語とみなしても問題がない。同じ青森県人であり映画《**書を捨てよ町へ出よう**》（一九七一年）[6]などで、寺山とコラボした三沢市寺山修司記念館館長佐々木英明へのインタビューで、寺山の方言について尋ねてみたところ、彼は次のように語った――「寺山さんと僕と新高恵子さんと三上寛と四人でいろいろ話ししたりすると、われわれは本当の津軽弁でしゃべるわけですよ。「おめ、このごろ、なにしてらんずや」とか、そんな感じでしゃべるのよ。ところが寺山さんは、津軽弁言えない。そういうときでも津軽弁にならないのね。われわれの言葉で話そうとしてるふうでもないみたいなところもありました。寺山さんは最初東京に行って、すごく言葉を直そうとしたらしいですよ。直そうとしたけれども、直り切れない形があの形になったと思う」

佐々木が寺山と過ごした時期は一九七〇年前後、寺山は東京暮らしも一五年程となった頃である。寺山は、言葉を獲得する幼少期に、津軽弁と南部弁の文化圏の移動を何度もしていたために津軽弁を、ネイティブ話者としては話せなかったのだろう。しかも彼は、標準語に属す語彙を、標準語とは異なる発音やイントネーションで話していた。

寺山の歌壇デビューを紹介した『東奥日報』一九五五年一月一一日の記事によると「ものおじしない若さの持主、県出身者に、よく見られる現象に言葉の劣等感があるが、寺山君はこれをほとんど意識しないという。それでいていつの間にかりっぱな標準語を使いこなしている」と報道したという[7]。

この報道が事実であれば、東京に住み始めた二〇歳前後の頃は、特に取材などの公式の折には、寺山修司は標準語を話していたということであろう。しかし、彼が有名になり、メディアに頻出する頃には、特徴ある話し方をするようになっている。

5——「徹子の部屋」一九七七年二月一一日放送　https://www.youtube.com/watch?v=AzuTYOFI728
6——本書の八二頁参照。
7——小菅麻起子『中野トク小伝——寺山修司と青森・三沢』二〇二二年、幻戯書房、九五頁参照。

第2節

「自分語」という戦術

自分語とはどんな言葉か

　言語習得について造詣が深い安田敏朗は、社会的に優勢な言語の話者は、他の言語を学ばなければならないと、脅迫観念に駆られることはあまりないが、社会的に劣勢な言語の話者は、優勢な言語を学習しなければならないと感じることが多いと述べている。[8] 日本人が英語を懸命に学ぶのに対して、アメリカ人は他の言語の習得にそれほど熱心でないこともこの現象の一つである。

　生まれてから何度も、青森の異なる方言圏を移動した寺山修司は、いつも新参者で、社会的に劣勢な言語の話者であった。高校卒業後も青森から東京へと移り住み、東京では間違いなく社会的に劣勢な言語の話者であった。つまり寺山は、生涯一度も社会的に優勢な言語の側の話者ではなかった、という事実が浮上してくる。

　佐々木が述べていたように、一九七〇年頃、寺山は青森県人に対しても方言を使わなかった。ただし話し言葉の語彙は標準語でありながら、発音とイントネーションには訛りがあった。このような話し方は、青森方言の人からは標準語を話そうとしていると見なされ、東京の人や他の地方の人には、東北訛りがのこっているという印象を与えたであろう。いずれにしても、寺山の話し言葉を聞く人からは、自分とは違う言葉を話す人というイメージで認識されていたと言える。もっとも寺山自身は佐々木と出会った頃には、「自分語」という結論に至っていた。寺山は一九七三年、話し言葉の「自分語」について、次のように意見を述べている。

「自分語」ってのは、例えばある男が、神戸に何か月かいて、青森に何年いて、横浜に何週間いたという経験をして、その間いろんな人間に出会い、その人とのつき合いが深い分だけその人の言葉の影響を受けて、結局いろんなナマリが微妙に合成された独特の語り口で話す、というようなことだと思うんです。[9]

「いろんなナマリが微妙に合成された独特の語り口で話す」とは、佐々木が受け取った寺山の語りにほかならない。寺山は続けて「標準語」に対する見解を示す。

「標準語」というのは全くの幻想だと思うんです。標準語というのはニュートラルということだと思うんだけど、一体何に対してニュートラルなのかということがわからな

8——安田敏朗『脱「日本語」への視座』二〇〇三年、三元社、八六頁参照。

9——寺山修司「自分語」『月刊　面白半分』一九七三年五月号、五—七頁に初出、本文は『歴史なんか信じない』一九九一年、飛鳥新社、二一五頁から引用。

い。かりにそれを、NHKのアナウンサーのように、イとエ、チとツ、シとスなどを的確に区別できて、淀みなく、特に力を入れることもなくなめらかに話せる人だとすれば、そんなやつは最終的にはアナウンサー以外に使い道ないわけですよ。競馬の予想屋だって、ああいう発声でやってたら、誰も信用しないよ。だからぼくは青森から上京したときも、そりゃ随分笑われたけれども、自分のことばを標準語にしようという考えはなかったですね。[10]

話し言葉の劣等感

話し言葉で苦労したことがない人は考えもしないことであろうが、幼少期から青少年期、言語環境が異なる方言間を移動してきた寺山ならではの言語観といえよう。しかし、前掲の『東奥日報』の記事のとおり、取材時に「りっぱな標準語を使いこなしている」のであれば、上京した当初から「自分のことばを標準語にしようという考えがなかった」かどうかは、不明である。佐々木も「寺山さんは最初東京に行って、すごく言葉を直そうとしたらしいですよ。直そうとしたけれども、直り切れない形があの形になったと思う」と語っているように、寺山は上京当初は、話し言葉と格闘していたのではないかと推測する。

社会言語学者の熊谷滋子《くまがいしげこ》が現在の大学生を対象に行った方言調査[11]でも、東北弁のイメージは「聞き取りにくい、早口、きれいではない、知的でもない」とする人が三割程度あり、東北から静岡に来ている学生は「東北弁を話すと笑われたり、見世物になっている」と語った、と述べられている。どうも、近年の若者にあっても、東北弁のイメージは良いとはいえないようだ。

東北出身者のみならず、東北以外の方言の人たちでも、自分の話し言葉に、ある種の劣等感を持つ人は、今なお少なくはない。本章の初めに触れた寺山の小説『あゝ、荒野』を原作とした二〇一七年の映画の主人公二人のうち一人は、在日韓国人で吃音があり、その生き辛さは映画を見た者にじんわり伝わってくる。寺山自身は、訛りを直そうと努力したかどうかの真相はわからないが、最終的に訛りの残る話し方を選んだ。寺山は標準語に対抗し「自分語」を提唱するという戦術を行った、とは言えるだろう。実際寺山の肉声による語りは、話し言葉に対して何らかの劣等感がある人には、アナウンサーのような標準語で話す声よりも、心に響いてくるのではなかろうか。

書き言葉の世界

さて寺山修司の話す言葉の語彙が標準語だったのは、子どもの頃から母や他者がいない時間、つまり一人で過ごす時間を、読書の楽しさで埋めていたということからも、理解できる。話し言葉が不安定な環境であった寺山にとって、書き言葉の世界は方言がなく、安定していた。この書き言葉の世界は、寺山が現実に居住していた青森の言語空間とはかけ離れたものであった。修司少年が書き言葉の世界で過ごす時間は、次第に増えていく。

10——同上、二七頁から引用。
11——熊谷滋子「方言の方言化とジェンダー——「不使用」という再生産」『社会文化研究』八巻、二〇〇五年、九二—一一五頁参照。

私は詩的表現について認知言語学的視点から考えたことがあり、「詩的表現とは今ここではない時空を想起させる言語表現であり、ある言語表現が詩的表現であるか否かは発信者または受信者の背景知識に依存する」[12]と、この表現の機能の一端を規定したことがある。ふと発した話し言葉が詩的表現であったと、発話の後で自覚する場合もあるので、ここには受信者のみならず、発信者自身が受信者である場合も含めている。

修司少年は、小さい頃から読書することで、詩的な表現から想起される、現実世界とは異なる時空間で過ごすことの心地よさを覚えていった。さらに冒頭で見たように一〇歳になった頃からは、自らも俳句を創るようになる。俳句は、まず季語によって時空間を立ち上げる。修司少年は俳句を創ることにより「今ここ」の現実世界とは異なる場所に自分の意識を向かわせることができた。たとえ、それが、目の前の情景を詠んだものであったとしても、五・七・五（一七音）という型に仕上げていく段階で、脚色され、「今ここ」とは異なる時空が開かれていく。小学生の修司少年にとって、俳句を創ることは、孤独から逃れる遊びの一つとなったであろう。加えて、自分の創った俳句が他者に共感され、評価される楽しさを味わっていくに従い、どうすれば他者が共感するのかと、創作に工夫を凝らしていく。俳句を創る過程は、現実世界とは異なる時空間に自分を置くことになるのであり、その創作に夢中になればなるほど、現実の寂しさを忘れることができる。こうして修司少年は、異なる時空にいるもう一人の寺山修司を発見する。

生活綴り方運動への憤り

ところで戦後の東北の農村には、経済的不況のもとで社会主義リアリズムを唱える教師も多く現われた。生活綴り方運動で名を馳せた無着成恭《むちゃくせいきょう》は、寺山が中学生だった一九四八年、山形県山元村で中学校教師として、この運動に取り組んでいた。当時、東北の多くの子どもたちは、貧困のなかで兄弟の世話や家の仕事の手伝いに追われていた。そのような子どもたちの日常を作文に表現させて、社会的認識を深めさせようと無着は懸命に努め、運動は盛んになっていく。この運動が目指したのは、子どもたちが現実の生活の苦しみを作文で表現することによって、同じ苦しみを抱えている級友との連帯を確認することであり、自分たちの苦境を社会的問題として認識することであった。

しかし、こうした運動には落とし穴がある。たとえば、修司のような少年は、文学的素質があったとしても、教室で自分のリアルな生活が綴れない。修司の母は、進駐軍のキャンプで働いていたので、生活費が不足していたわけではなく、兄弟の世話をする必要もなかった。だが母は、いつも派手な洋服を纏い濃い化粧をしていて、当時の青森の田舎では非常に目立ち、米軍人と遊んでいるように見えた。修司少年は母がいない夜、一人で晩御飯を食べ、一人で眠りについた。休日さえ誰もいない冷たい家に居なければならない彼にとって、家族と一緒に過ごす同級生は、どれほど羨ましかっただろう。このような境遇の修司少年が、辛い現実の日々を教室で作文に書き、同級生の前で発表することができただ

12――澤田美恵子「詠嘆の「も」と挨拶語――日本語の共在感覚」『京都工芸繊維大学学術報告書』第一三巻、二〇二〇年、二九―四四頁参照。

ろうか。もし、事実を作文にしたら、狭い村での悪い噂を一層掻き立て、愛する母親は陰口で叩き潰される、と修司少年は考えたにちがいない。後に寺山は、生活綴り方運動について批判し、この大衆運動が「ほとんど霧散状態にまで追い込まれてしまった」と結論づけ、吐き出すように述べる。

いつも力をあわせていこう。
かげでこそこそしないでいこう。
何でもなぜ？　と考える人になろう。

で始まる、山形県山元村の無着成恭の「山びこ学校」六つの誓いと共に、生活記録され、たしかめあわれた少年たちの「私」[13]

この「私」は教室で作文に日常の事実を書き記した生徒を指す。寺山の生活綴り方運動への批判の背景には、教室で現実の生活を綴れず、他者と共有できなかった少年時代の寺山の孤独が浮かび上がってくる。現代も、マイノリティの居場所は教室にはない。教師や他の生徒の前で「親が麻薬中毒である」とか、「母親の恋人に殴られた」とか、「万引きしたのは親の指示だ」と綴り、教室で発表できる子どもがいるだろうか。

寺山の生活綴り方運動への怒りは、作文に事実を書かせる教育者から、次節で考察する短歌に事実を求める評者の問題に繋がる。寺山は、教室で現実の日常生活は綴れなくても、自分が創作した書き言葉の詩的表現の時空間で遊び、時にはそこが居場所となり、現実世界から逃れることができた。寺山は現実に経験した事実を赤裸々に綴らずに、詩的フィクションのなかに孤独や憤りを込めて表現した。寺山の定型詩は、詩として多義性を内包しつつ、時代を超えて、どうしようもない出自を生きる現代の人の背中を、そっとさする。

13——寺山修司『寺山修司全評論集　上　思想への望郷　芸術論・青春論』一九六七年、大光社、七二頁参照。

第2章

居場所としての言葉
——寺山修司の自分語と詩的表現

第3節　詩的表現の時空間

俳句から見えた青空

便所より青空見えて啄木忌

こんな俳句を作ったのが、中学校の一年生のときであったが、やがて私は青森の映画館をしている祖父夫婦の家にひきとられて、一人だけで青森に出ることになった。[14]

「便所」という語を寺山は良く使ったが、寺山少年にとって、古間木での三年間は、昔の便所のように悪臭が漂う暗く閉塞感に満ちた日々だった。しかし最後の年に書かれたこの俳句には、青森の長く暗い冬を耐え、四月の啄木忌がある春に、便所から青空が見えた世界が表現されている。では、なぜ青空が見えたのであろうか。それは寺山少年が創りだす詩的な表現に共感し、魅力を感じた人が集まってくることを知ったからではなかろうか。[15]そんな明るい陽射しが届いてくるような俳句だ。

ところが、現実は思い通りにはいかず、修司少年はやっと仲間ができた南部方言圏の古間木から、再度津軽方言圏の青森へ移動しなければならなくなった。そして生まれてからずっと話し言葉の言語環境を共にしてきた母と、離れ離れに住むことになった。修司少年は青森市にある野脇中学校に転入する。

しかし、俳句の創作という技を身につけた修司少年は、古間木での最初の日々とは異なり、自律して生きる術を習得していた。彼は、俳句の世界に沈潜していく。

中学から高校にかけて、私の自己形成にもっとも大きい比重を占めていたのは、俳句であった。この亡びゆく詩形式に、私はひどく魅かれていた。[16]

一九四九年、寺山は自作の俳句を『東奥日報』に投稿し、入選する。寺山少年の書き言葉の詩的表現が、公に認められたのだ。現実世界の話し言葉ではいつも劣勢であった寺山少年は、書き言葉で定型詩を創ることで、自身が他者に認められ、社会的に優勢な側に立てることを発見する。便所から見えた青空に駆けていく道を、寺山修司は見つけたのだ。

14――寺山修司『誰か故郷を想はざる』一九七三年初版、角川文庫、二〇二一年版、八一頁参照。
15――小菅麻起子『中野トク小伝――寺山修司と青森・三沢』二〇二二年、幻戯書房、五七頁参照。
16――寺山修司『誰か故郷を想はざる』一九七三年初版、角川文庫、二〇二一年版、八九頁参照。

急変していく空

一九五一年に、寺山は青森高等学校に入学し、新聞部、文芸部に参加するようになった。自分の定型詩に人的ネットワークをつくる力があることを、はっきり自覚するようになり、まるで水を得た魚のように活動的になっていく。一九五二年には青森県高校文学部会議を組織し、翌年には雑誌『牧羊神』を全国の十代の俳人を集めて創刊する。

一九五四年に早稲田大学に入学。遂に、寺山修司が短歌界で周知される出来事が起こった。『短歌研究』一九五四年一一月号で「第二回短歌研究新人賞特薦「チエホフ祭」五十首」に選ばれ、寺山修司は脚光を浴びた。歌壇デビューである。

しかし、またもや青空は続かない。定型詩という舞台が暗転する。特薦とされ『短歌研究』に掲載された作品に関して、その年の『時事新報』の「俳壇時評」(一一月一一日付け)において、中村草田男の俳句の模倣、剽窃、また寺山自身の俳句の短歌への転用を指弾されたのだ。

この事件には、近代以降短歌界に根付いていた事実信仰が深く関係している。後に塚本邦雄はこの騒動について、寺山を擁護し、当時の短歌界を次のように批判する。

> 今は昔、彼が作中人物通りではなかつたと眦《まなじり》を決して短歌のモラルを説いたり、用語に先蹤《せんしょう》ありとあげつらつて、博覧ぶりを誇示した頑なな先輩たちを前に、途方に暮れつつ憫笑を以て応へてゐた寺山修司を、私はいたましい思ひにみちて想ひ出さねばな

らぬ。赤旗を売らずに売つたと歌つたことが、それ自体罪と呼び得たこのうとましい世界に、私は彼より先に住んで耐へてゐたのだつた。[17]

大人たちの寺山への誹謗には、彼の短歌が事実に基づいていないという「嘘つき」問題と、他人の言葉を盗んだという「言葉泥棒」問題が混在している。まずは「嘘つき」問題から考えてみよう。

自伝的記憶（寺山修司は嘘つきなのか）

認知科学では一般的に長期記憶において、時間的・空間的枠組みの中で展開する事象性を持つものに「エピソード記憶」、対象概念や意味にかかわるものに「意味記憶」という名前を与えて区別している。[18] 例えば、ある文章を理解するために、語の意味や、語と語の関係性等についての知識が必要であるが、この辞書のように体系化された知識が意味記憶である。一方、エピソード記憶は、個人的な経験や特定のモノやコトに関する記憶である。また、自己が主人公を演ずる自伝的出来事と、メディアを媒介に取り入れられる出来事の記憶は、同じエピソード記憶といっても大きく性質が異なるとされている。[19]

寺山が孤独だった子どもの頃、自ら創った言葉の世界で生きる時空間が居場所であったとすれば、現実世界での自己が主人公である自伝的記憶と、自作の詩的表現の時空間にお

17——塚本邦雄「アルカディアの魔王——寺山修司の世界」『寺山修司全歌集』二〇一一年、講談社学術文庫、三二八—三二九頁参照。
18——箱田裕司ほか『認知心理学』二〇一〇年、有斐閣、参照。
19——山鳥重『記憶の神経心理学』二〇〇二年、医学書院、一六〇頁参照。

ける自己が主人公である自伝的記憶は、時間が経つにつれて、想起のなかで区別が曖昧になったり、境界すら無意味なものになっていったりした可能性がある。

前述した徹子の部屋で「ま、詩でも小説でも、結局は上手な嘘のつき方ということですかね」と自分の子どもの頃の記憶を語った当時、寺山は既に四〇歳を超えている。言葉のアーティストとなった寺山にとって、自分が創った詩的表現の時空間で過ごした記憶の方が、現実の時空間での記憶よりも、むしろ有意味であった場合もあるだろう。寺山自身が綴った自伝的記憶が事実と異なることは、しばしば指摘される。たとえば「母が豊胸手術をした」ということなど、当時の状況を鑑みると、どうも事実とは考え難い。これは、おそらく母が女の顔になったということの詩的フィクションと受け止めるべきだろう。心理学者の山鳥は次のように述べる。

> 記憶されたものといえども過程性を免れるわけではなく、常に神経活動を続けており、隣接あるいは重なり合うネットワークからの影響を受けつづけている。(中略)心理過程における現在は現在と記憶(過去)の相互作用としてしか成立しない。[20]

自伝的記憶は、その持主である主人公の現在から語られる過去である。主人公の過去の記憶は他者から検証できる事実のそれとして脳に格納されている訳ではない。寺山の場合は、前述したように現実世界の事実を直視するには辛すぎる場合が多かったため、詩的空間で過ごした記憶は現実世界での事実よりも、寺山修司という生命体である人間を、現実世界で維持するために（生きるために）有意味である場合も多々あったであろう。ゆえに寺山の言葉によって詩的に表現された自伝的記憶の過去は、事実を検証した他者からは「嘘だ」とされることは充分ありうる。

剽窃について（寺山修司は言葉泥棒なのか）

寺山は、自分を突き落とした大人に対して果敢に反論を始める。

> なにからはじめようか——そうだ、一番最初にぼくは名乗らねばならないだろう。ぼくは、ぼくの作者つまり寺山修司のなかに内在する第三の存在、もっと俗にいえば作中人物である。[21]

ロミィと名付ける「第三の存在」を、このように呼び出した上で寺山は、一連の短歌で企てた試みについて述べる。

> この夏に、ぼくの作者が短歌を五十首つくるにあたって特に野心をみせたのは次の点であった。
>
> 一、現代の連歌、

20——同上、一七二—一七三頁参照。
21——寺山修司「ロミィの代辯——短詩型へのエチュード—」「特集短歌と俳句」『俳句研究』一二巻二号、一九五五年、三九頁参照。

二、第三人物の設計、
三、単語校正作法、
四、短歌有季考[22]

さて、この四点は当時の短歌の世界では、「野心的」と呼んでいいものであったかもしれないが、和歌の世界では特別なことではない。寺山自身も最後の歌集を出した後の一九七三年、前節で引用した説明に続けて、次のように述べる。[23]

当時、和歌でこんなのを作った。

ふるさとの訛りなくせし友といて
モカ珈琲はかくまでにがし

管見ではこの時まで寺山修司は三十一文字の自分が創った定型詩を、短歌と呼んでいたと思う。が、ここでは「和歌」と呼んでいる。この変化は、何を意味しているのだろう。剽窃問題から二〇年近い歳月が流れている。寺山は一九五五年から一九五八年の間、腎臓病からネフローゼを発症し、長い療養生活にあった。しかしその入院中にも定型詩は創っていた。一九五八年には入院中に編集を終えた第一歌集『空には本』（的場書房）を出版し、前出の「和歌」は「燃ゆる頬」中の「森番」という名のパートに所収されている。[24]ところが、一九七一年に出版された『寺山修司全歌集』には「空には本」ではなく、「初期歌篇」「一九五七年以前　高校生時代」と記された「燃ゆる頬」の「森番」に配置しなおされている。[25] 寺山の高校生時代は一九五一年から一九五三年であり、そもそも「一九五七年以前　高校生時代」という表現は事実にそぐわない。「あれぇ?」という感じがする。

兎にも角にも、「和歌」の問題にもどろう。この定型詩は石川啄木の次の短歌を意識したものにちがいない。

〰〰〰〰

ふるさとの訛なつかし
停車場の人ごみの中に
そを聴きにゆく

〰〰〰〰

寺山は中学の頃から、東北という同郷の歌人である石川啄木を、前掲した「便所より青空見えて啄木忌」と詠むほどに、明らかに意識していた。石川啄木が短歌に物語性を込めてきたことも、寺山の定型詩への影響を残している。「モカ珈琲」の歌の冒頭「ふるさとの訛」の部分を和歌の世界の本歌取りと考えれば、剽窃という誹謗から逃れることもできる。しかも「和歌」と呼んだのは、一九七一年に全歌集を出版し、定型詩に終止符を打った後

22——同上、四一頁参照。
23——寺山修司「自分語」『月刊　面白半分』一九七三年五月号、五一七頁に初出、本文は『歴史なんか信じない』一九九一年、飛鳥新社、二一七頁参照。
24——寺山修司『空には本』一九五八年初版、的場書房、二三頁参照。この定型詩の初出は『短歌研究』一九五五年一月号、四八頁。
25——寺山修司『寺山修司全歌集』二〇一一年、講談社学術文庫、一〇三頁参照。

の言である。

そもそも和歌は、過去に誰かが詠んだ和歌に共感し、良いと思った言葉を、再び使い、新しい詠み手が再構成していく営みである。その世界に、個人の独創性を重んじる剽窃（言葉泥棒）というような言葉はない。寺山が剽窃だと短歌界の先輩から糾弾されたのは、まだ高校を卒業して間もない頃である。

先に、寺山が「生活綴り方運動」への怒りを述べた論を引いたが、その少し後で、短歌について「評家たちはほんとの持っているくだらなさには寛容だが、うその持っている見事さには実に道義的腹立たしさで攻撃してくるのである」と述べている。[26]

一〇歳の頃から俳句を創り、書き言葉の世界が居場所であった寺山が、その世界にある言葉を使い、新たな歌を詠み、連歌のように、そこから新たな自身の詩的世界を創造していくことは、自然な営みであった。一九五四年に短歌に事実を求める評者から、剽窃（言葉泥棒）、事実を短歌にしていない（嘘つき）と呼ばれ、罪人のように突き落とされたことは、若き寺山にとって、晴天の霹靂であったろう。短歌が事実に基づいていることでオリジナリティが担保できると考える人たちは、詩に所有者があると思っている人たちである。寺山は少年期から詩の言葉の世界で生きてきて、和歌の本歌取りのように、既存の詩の言葉を使って、新たな詩的フィクションの世界を創ることに、何の疑問も持っていなかった。この違いを深く考えた寺山は、一九七〇年には「言語空間においても、意味の略奪、署名（見張られること）からの解放がきわめて重大だ[27]」と認めるようになっていく。

寺山修司のなかに内在する第三の存在

さて「あれぇ？」と感じた問題に立ち戻ろう。繰り返すが、寺山は事実ではないことを歌にすることはしばしばあった。例えば、死んでいない母を死んだことにして定型詩を読むようなことは、珍しいことではない。

しかしながら、「ふるさとの訛りなくせし友といてモカ珈琲はかくまでにがし」については、寺山の話し言葉を聞いたことがある多くの人は、寺山自身に事実あったことを詠んだと考えたのではないだろうか。それは寺山に「青森訛り」がのこっているというイメージがあるからだ。ゆえに寺山修司が上京し、同郷の友人と会った時、友は「標準語」を話し、自分は「訛り」がのこる話し方をしていたことから、モカという甘い香りの珈琲さえ苦く感じたという解釈をとる可能性は高い。しかし、この歌を創ったときを「一九五七年以前高校生時代」という、他者が検証できうる事実に、完全には一致しない異なる時空間に位置付ければ、事実あったことを詠んだのではなく、詩的フィクション、現実世界の寺山とは異なる歌のなかの作中人物が、経験したことの表現として受け取ることができる。現実世界の出来事、事実を経験した寺山修司が詠んだ定型詩と思われていたものが、他者が検証できない虚構、つまり詩的世界の出来事に変貌する。

和歌の研究者である渡部泰明は、和歌の作者について次のように述べる——作者が「歌

26——寺山修司『寺山修司全評論集 上 思想への望郷 芸術論・青春論』一九六七年、大光社、七二頁参照。
27——寺山修司『暴力としての言語——詩論まで時速一〇〇キロ』一九七〇年、思想社。引用は、同新装版一九八三年、一八〇頁参照。

を、まさに今作りつつある最中のことを考えてみよう。作っている彼（彼女）は、もはや日常生活を行っている、日常的な人間ではないだろう。現実とは別の宇宙を持っている和歌の世界に近づこうとし、そのあげくに引き寄せられて、普段とは別の人格に変化している」[28]

この「作者」とは、寺山が述べるところの「寺山修司のなかに内在する第三の存在、もっと俗にいえば作中人物」を創っている（書いている）人である。寺山が二〇年以上前に創った三十一音の定型詩を「和歌」と呼んだことに、自分の三十一文字の定型詩はあくまでフィクションだという主張が込められていると考えられる。

いずれにしても、寺山修司にとっては、現実世界の寺山修司の経験から三十一文字の定型詩を創ったかどうかなど、本当は何の意味もなくなっていた、定型詩のなかには詩的フィクションの世界が広がっている。言葉は単なる表層であり、寺山が誰かに伝えたいことのメタファー[29]に過ぎなかったのである。

詩と共感

一九五八年『空には本』の「僕のノオト」では、寺山は自らが目指す短歌について、既に次のように明確化している。[30]

> この定型詩にあっては本質などなくて様式があるにすぎない。様式はいわゆるウエイドレーの「天才の個人的創造でもなく、多数の合成的努力の最後の結果でもない。それはある深いひとつの共同性、諸々の魂のある永続なひとつの同胞性の外面的な現れ

> にほかならないから」である。
> しかしそれよりも作意をもたない人たちをはげしく侮辱した。たゞ冗漫に自己を語りたがることへのはげしいさげすみが、僕に意固地な位に告白性を失くさせた。
> 「私」性文学の短歌にとっては無私に近づくほど多くの読者の自発性になりうるからである。
> ロマンとしての短歌、歌われるものとしての短歌の二様な方法で僕はつくりつゞけてきた。

初版『空には本』に収録されている短歌の多くは病室で創られているだろう。しかし病気という苦悩が詠われたものはほとんどなく、多感な青少年期を過ごす多くの人が共感できるものとなっている。まさに「ロマンとして」「歌われるものとして」という志向が具現化されていると言える。また、「ロマンとして」「歌われるものとして」の定型詩をつくることは、和歌の世界がもともと目指してきたものでもある。五七五七七と言葉を組み合わせて構築した世界は、日本という四季のある土壌で育ち、日本語が母語である人々にとっては、同じ時空間にいるという共在感覚[31]が働き、共感が生まれる素地をもつ。

千年に渡って和歌の伝統を守る冷泉家の冷泉貴実子は和歌について次のように述べる。

28――渡部泰明『和歌とは何か』二〇〇九年、岩波新書、二二五―二二六頁参照。
29――認知科学では、アナロジー（類推）とは、二つ以上の知識領域（概念、物語など）の類似性に基づく思考と考えられている。アナロジーを言語に結びつけるものがメタファーとされている。辻幸男編『ことばの認知科学辞典』二〇〇一年、大修館書店、三六四頁参照。
30――寺山修司『空には本』一九五八年初版、的場書房、一四八―一四九頁。
31――澤田美恵子「詠嘆の「も」と挨拶語――日本語の共在感覚」『京都工芸繊維大学学術報告書』第一三巻、二〇二〇年、二九―四四頁参照。

冷泉家の和歌は（中略）見たこと、聞いたこと、あるいは経験を要求していない。
あくまで想像の世界、誰もが見たことのあるような伝統の世界の再構成である。[32]

本章の冒頭で紹介した「そこには日本人の精神構造の、一番うすよごれた部分、一番後進的な部分とともに一番愛すべき部分もまた潜んでいるのだ」という寺山修司が述べた定型詩の特徴は、枕詞や本歌取りなど日本独自の型が守られている和歌の世界にも潜んでいる。この地に生きた人々の血が流れる言葉が引かれ、再構成されて幾度も使われ、定型詩のなかで伝えられていくがゆえ、否が応にも引き継がれていく。

国語教育から寺山論を書いた児玉忠は若い高校教師だった頃、高校生に定型詩に興味や関心を持たせるために、授業の導入に使っていた短歌が俵万智であったこと、次いで寺山修司の短歌に多くの支持が集まっていたこと、そして前掲の「モカ珈琲」の定型詩は圧倒的な人気があったことを記録している。[33] 寺山が発表してから六五年以上の歳月が流れても、高校生が共感できる物語が、そこに描かれている。

前掲した寺山の「無私に近づくほど多くの読者の自発性になりうる」という言葉は、現代の詩人にも、通じるものがある。二〇〇八年に中原中也賞を受賞し、詩集『死んでしまう系のぼくらに』が異例ともいえる売れゆきを見せる詩人・最果タヒの公表プロフィールは「一九八六年生まれ」程度である。最果はその意図を「読む人はその詩をかなり自由に解釈していますし、「私のことが書いてある」と思ってくれることもあります。作者がどんな人かわかっていては、自由な解釈の邪魔になると思いました」と述べる。[34]

寺山修司は中学の頃から仲間を惹きつけたいがために、どうしたら他者が共感できる世界を言葉で創り上げられるか、という課題に日々取り組み、その技を切磋琢磨してきた。ゆえに、多感な時期にある人々の共感を呼ぶ短歌が、現代の高校教科書にも掲載されているのであろう。匿名の言葉があふれるインターネット空間に慣れた現代の高校生にとっては、寺山修司が書いたものだから読むというより、その定型詩そのものに共感していると考えられる。

寺山修司にとっての自分語と詩的表現

さて、寺山にとって、自分語と詩的表現はどういう意味を持つものであっただろう。現実世界を生きるうえで、いつの世も誰を親に持ったか、どこに生まれたかなど、自分ではどうしようもない出自に纏わる事柄がある。

一九七三年に「自分語」について語った頃、寺山は離婚後で、歌集『田園に死す』の制作も終わり、愛憎相半ばする母に繋がる自分の血や、生まれた場所に対して、自分なりの方法で対処して生きる覚悟を決めた時期ではなかろうか。その覚悟の一つが「自分語」という戦略であり、「寺山修司」という名前をもつ生命体として、この現実世界を生きること

32――冷泉貴実子『和歌(うた)が伝える日本の美のかたち』二〇一六年、書肆フローラ、一五三頁参照。
33――児玉忠「短歌における「私」の位相とその教材性――寺山が操る「作者の私」と「作中の私」」『寺山修司という疑問符』二〇一四年、弘前大学出版会、一六八頁。
34――「顔出しナシ、経歴も簡素　謎多き詩人・最果タヒの思い」『朝日新聞』二〇二一年六月二八日、一三版二九面参照。

だったのだろう。

詩人は自分の心の中にある心象風景をメタファーにより言葉で表現できる人である。そういった意味において、寺山は詩人であったといえる。詩的表現の時空間は多義的であるゆえ、他者とのわかりあえなさを許し、同じ時空間で共に存在できる可能性をのこす。

本章で観察してきた、定型詩を創っていた時代の寺山修司の心的世界の自分語と詩的世界は、次のような図で表わせると考える。

図1（自分語）は現実世界の中で血が流れる生命体としての寺山修司である。今まで生きてきた身体を伴い、その歴史を表す自分語を話すイメージである。

図2（寺山修司の心的世界）の特徴は、現実世界も詩的世界も同等に並んでいることである。ゆえに現実世界の出来事か詩的世界の出来事かに優劣はない。

寺山の「ロミィ」という存在も、「メタバース」（インターネット上の仮想空間）で時間を過ごす人が増えてきた現代においては、理解しやすいものとなっている。メタバースでは、アバター（自分の分身キャラクター）が他者とコミュニケーションすることができる。ロミィは、まさにこのアバターのようなものの先駆けであったのだ。

メタバースにおいては現実世界の属性である、容姿、声、話し方、性別、年齢、家族構成などから解放される。寺山の時代にはメタバースはなかったが、孤独な小中学校の時代は、読んだ本の著者や、物語の主人公に話しかけることで、世界との繋がりをなんとか保

図1

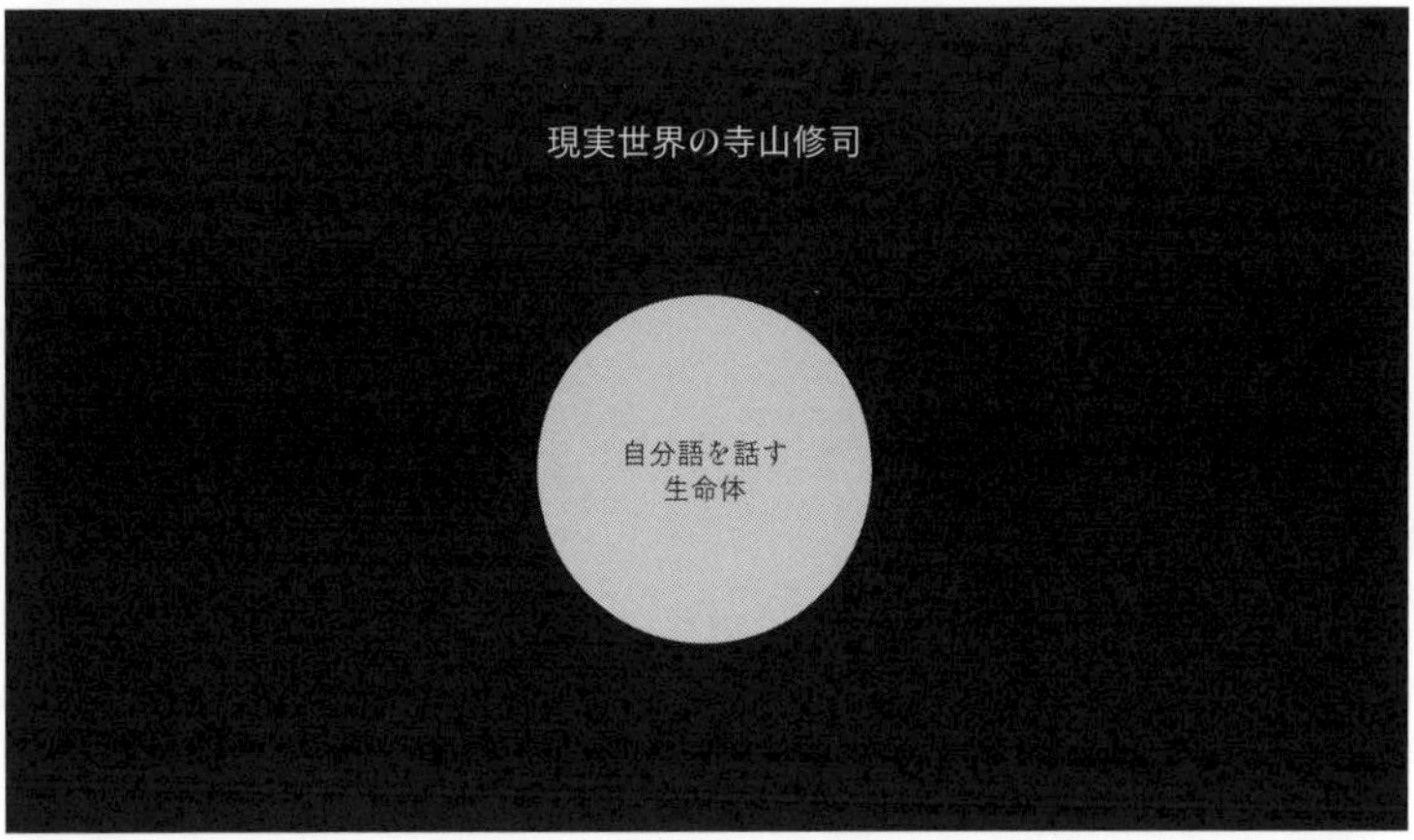

図2

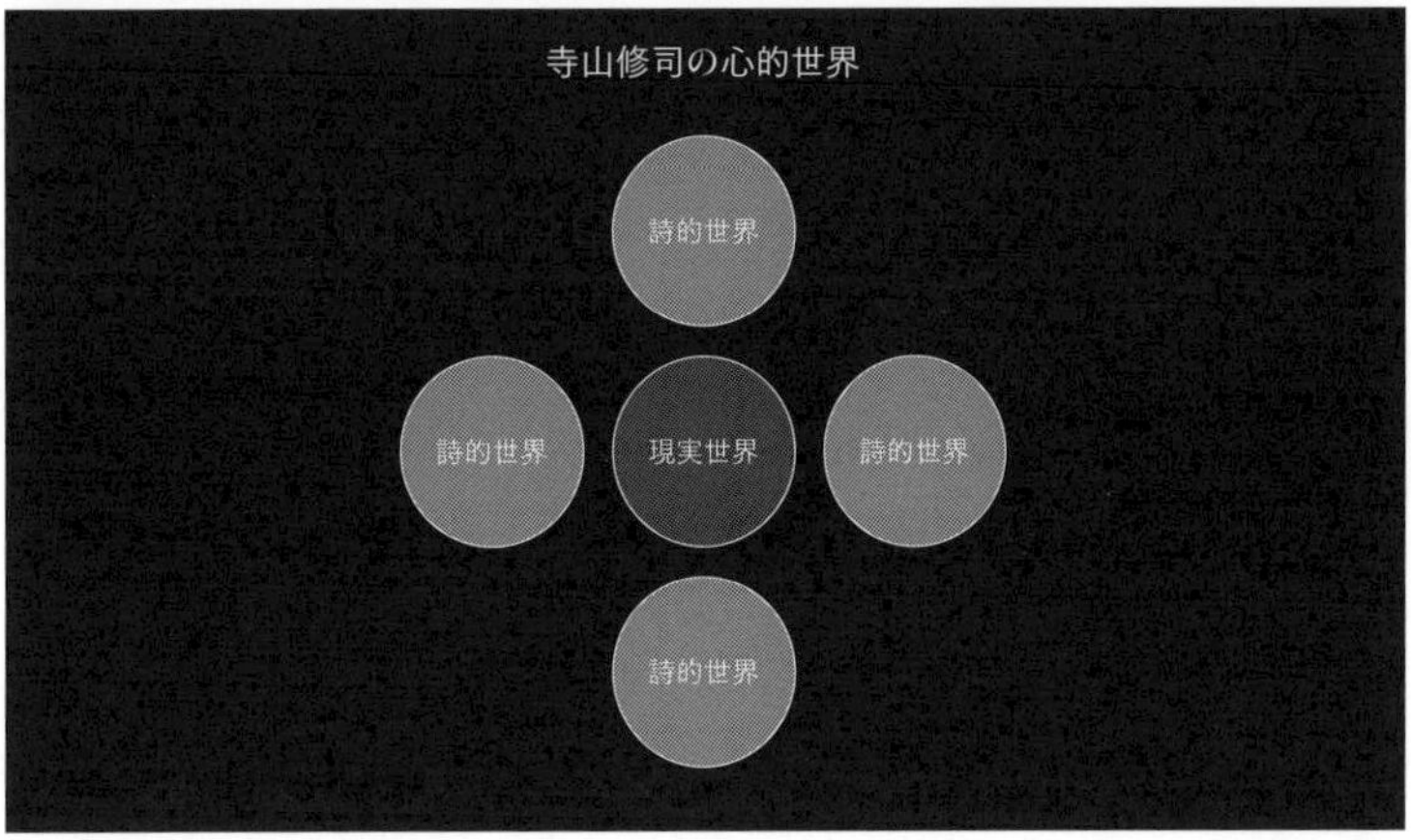

ち、生きてきたのであろう。そして自分で定型詩により物語を紡ぎだせるようになってからは、例え絶対安静の身にあっても詩的世界で自由に遊べた。

しかし書き言葉による定型詩の詩的世界はどこまでいっても寺山修司の内にできた世界であり、修司少年が希求した応答、キャッチボールやボクシングのように、他者から生身の人間である寺山修司に投げ返される応答はなかったのだ。書き言葉からなる定型詩の世界が醸す枯渇感は、やがて話し言葉による詩的世界の実験へと向かわせる。生身の他者を、話し言葉の詩的世界にマッピング（写像）すること——演劇実験室「天井桟敷」で行おうとしていたことは、そんな実験ではなかったかと想像する。[35]その気配・生身の人間を詩的世界へ連れ去ろうとする試みを、一九五八年出版の『空には本』を手にしたときに私は感じた。

ざらっとした手触り、生成り色した布張りの初版本『空には本』。表紙裏に貼られた寺山が作詞した「そらのうた」の楽譜に驚き、扉を開けると、病院のベッドから身を起こした若き寺山修司の写真に出会う。さらに頁をめくると特徴ある自筆で記されたタイトル、中扉の前には、エッチングの絵が透けるパラフィン紙が挟まれ、血のような朱色で「撃たれたる小鳥かえりてくるための草地ありわが頭蓋のなかに」という定型詩が記されていた。五感に訴えかけたいという意図が垣間見えるこの本は、現実世界の「今ここ」の私の身体を刺激し、詩的世界へと誘った。

35——ここでの図と「写像」という考え方は、認知科学的な視点から捉え方である。特にGilles Fauconnier, *Mental Spaces: Aspect of Meaning Construction in Natural Language*, CAMBRIGE UNIVERSITY PRESS. 1994. から示唆を得ている。

寺山修司と演劇・詩・方言・競馬

佐々木英明さんへのインタビュー

1971テラヤマ・ワールド／ATG

佐々木英明

Eimei Sasaki

詩人・三沢市寺山修司記念館館長

一九四八年、青森県生まれ。
高校卒業後、寺山修司が主宰する演劇実験室「天井桟敷」に参加し、
舞台《書を捨てよ、町へ出よう》、《邪宗門》、《阿片戦争》などに出演。
映画《書を捨てよ町へ出よう》（一九七一年）で主演。
一九八七年に帰郷した後は、詩作を中心に活動。
二〇一二年より三沢市寺山修司記念館館長。
詩集に、『愛について』（一九九三年）、『心を閉ざす』（一九九六年）。

扉の写真
映画《書を捨てよ町へ出よう》（原作・脚本・監督　寺山修司）冒頭シーン

ったでしょうか。

寺山の「家族」イメージと「天井棧敷」

——「家出」を勧めた寺山さんですが、それだけ「家」にこだわっていたと思います。たとえば「天井棧敷」というグループは、寺山さんにとって一種の「家的なもの」ではなかったでしょうか。

佐々木　僕は劇団員になったことが一度もなく、「詩を書きたい」っていうだけで、演劇にはほとんど興味がなかったんですが、**《書を捨てよ、町へ出よう》**の舞台が結構評判になって、再演とか、再再演みたいなことがあって、「今度また、どこそこでやるからおいで」っていうふうな感じで呼ばれてました。ですから、「天井棧敷」の団員たちと寺山さんの関係っていうのは、外から見てたわけですが、たしかにちょっとした「家」っていうふうな感じでしたね。家っていうか、兄弟、寺山さんが大きい兄貴分で、あとの子たちが弟分みたいな感じかな。当時寺山さんが三四歳で、劇団員の中で一番年上の萩原朔美さんでひとまわり、一番下で十五、六歳くらいの差。そんな年齢層だったんで、あんまり父親的なところはなかったですよ。

——佐々木さん自身と寺山さんとの関係はどうでしたか。

佐々木　叔父が寺山さんと青森高校の同級で、僕にとっては兄弟っていうよりも、叔父さんっていうような感じが強かったですね。ただ寺山さんの方は、出来の悪い弟みたいな感じで、思っていてくれたかもしれないですね。

演劇人としての寺山

——演劇人としての寺山さんに関して思い出されることはありませんか。

佐々木　「天井桟敷」のヨーロッパ遠征に参加したとき、いろんな劇団が来ていて、僕も一緒に行きましたが、寺山さんはロバート・ウィルソンの芝居に大変感動して、観に行ってましたね。

唐十郎さんとは非常に仲良かったですよ。九條今日子[1]さんから聞いたけど、唐さんから寺山さんに一緒に劇団やろうという誘いがあったくらいで。思うに唐さんの劇団と「天井桟敷」とはガキだという点で、似てるんですよ。黒テント[2]のほうは、大人の演劇っていうふうな感じがするのよね。ただ唐さんのとこの状況劇場は、しゃれてるっつうのか、町っ子なのよ。寺山さんとこは、村の子って感じかな。寺山さんは、敵味方なく応援するようなところはありましたけど。

——役者の演技に関しては、どうでしたか。

佐々木　僕の知る限り、演技指導は一切なかったですね。古参の俳優さん、たとえば下馬二五七さんとか、蘭妖子さんとか、そういう人が多少指導することはあったけど、寺山さんはいっさいなかったですね。身体の動かし方とか指導できなかったと思う、どこまでも言葉の人だからね。でも自分の書いた脚本で縛ろうというところはなかったな。僕が《**邪宗門**》の山太郎の役なんか、できないっていったら、寺山さんは「お前自身の言葉をもって、お前自身が演じたいように演じれば、それはそれでいいんだ」っていってました。

詩に関して

――「自分の言葉」といえば、たとえば舞台《**書を捨てよ、町へ出よう**》のときのご自身の詩の朗読とかはどうでしたか。

佐々木　あの演出は東由多加さんで、東さんが津軽弁で書いてみろって、方言で書いた詩を朗読したんだけども、寺山さんは、それでいいって。俺の津軽弁のものまねなんかしたりしてましたけど。

――『ハイティーン詩集』なんか、寺山さんは手は入れてないんでしょうか。

佐々木　手は入れてないはず。『高三コース』の選者のときも、若い子たちから寄せられた詩を、そのまま採用していました。リライトして利用したりすることもあったけど。

詩に関していえば、寺山さんから「書いたら持ってこい」っていわれて、持ってったりしたけど、何かアドバイスすることは、ほぼなかったですね。ただ、「英明は詩がうまいからな」とかって、そういうふうないい方はするんだよね。

寺山さん自身は現代詩の世界では、あんまし認められてなかったですよね。俳句でも短歌でも、演劇でも、いろんな分野で全て認められてるんだけども、詩だけはちょっと。最後に「懐かしのわが家」[3]を書いたときに、初めて谷川俊太郎さんが「この一編で寺山は詩人になった」みたいなことをいってたけども。ですから、俺と三上寛と並べて、「英明と寛

1――九條今日子も『ムッシュー・寺山修司』（一九九三年、筑摩書房、一八六頁）で、そのことに触れている。
2――は「天井棧敷」、唐十郎の「状況劇場」と並ぶアングラ劇団「演劇センター」。
3――一九八二年に書かれた詩。『寺山修司著作集1』、クインテッセンス、二〇〇九年、五一八頁。

ちゃんは詩がうまいからな」っていうときには、本音でいってる部分はちょっとあったと思う。一つは寺山さん、俳句、短歌から来てるから、七五調なのよね。だから口語自由詩がうまく書けないっていうふうなのがあった。リズムでうまく間を取ったり、どっかで言葉を切ったり、あるいは二人で同時に読んだりとか、ずらして読んだりみたりとかするような、定型が基本にある感じで、そこからなかなか抜け出せなかったんじゃないかな。

——寺山さん自身、それに対してネガティブな思いっていうのはあったんでしょうか。

佐々木　恐らくあったんじゃないかな。たとえば恋愛とか、ほとんど書かないですよね。それを書くには、口語自由詩っていうか、しゃべり言葉じゃないと駄目だと思うんだよね。寺山さんはそういうのが苦手だから、芝居とか歌にしちゃう。その辺は、自分の言葉の使い方の限界みたいなところは多少意識してたんじゃないかな。

寺山と方言

——寺山さんの話し言葉ですが、残っている動画だと、そんなに方言がないように感じます。同郷でいらっしゃる佐々木さんとお話しされるときとか、どうだったでしょうか。

佐々木　寺山さんは、ちょっと訛っている話し方をしますけども、青森県は、津軽地方と南部地方っていうのに分かれていて、言葉が大きく違うんですよね。寺山さんの訛りは、津軽でもないし南部でもないみたいなところがあったね。寺山さんは幼少期の頃って青森とか弘前とか、津軽のほうにいたわけですよね。だけども小学校四年から中学校一年か、一番多感な時期っていうのは、南部弁の三沢ですよね。そういう意味で、言葉が違うっていうことでいじめられもしただろうし、それで矯正しようっていうふうなのもあっただろう。ていうことで、妙に入り混じったような言葉になっているのがひとつあります。

それと、僕らと話しするときですよね。僕は平内町っていう、津軽からすると一番へき地、南部藩からしても一番へき地という、両方の間のところの出身なわけです。ここはまた言葉がちょっと違うんですよね。本当の津軽からすると、南部弁が少し交じってるんであって、寺山さんと僕と新高恵子さんと三上寛と四人でいろいろ話ししたりすると、われわれは本当の津軽弁でしゃべるわけですよ。「おめ、このごろ、なにしてらんずや」とか、そんな感じでしゃべるのよ。ところが寺山さんは、津軽弁言えない。そういうときでも津軽弁にならないのね。われわれの言葉で話そうとしてるふうでもないみたいなところもありました。寺山さんは最初東京に行って、すごく言葉を直そうとしたらしいですよ。直そうとしたけれども、直り切れない形があの形になったと思う。だから、しゃべり方は訛りがあるけれども、言葉そのものは標準語でしゃべる。そういうふうなところだったと思いますよね。割と簡単に言葉を標準語に移し替えられる人もいるけども、そうじゃない人も結構いるんだね。寺山さんは、実社会っていうのにあんまり出てないわけです。東京行ってからも、会社に勤めたことないし、大学も一年ぐらいしかいってないで、ずっと病院の中に居たわけですからね。そういうふうな意味合いでも、実社会でいろんな人と接して、そうしてる間に言葉が直ってくみたいな経験があんましなかったんじゃないかなと思うよね。だからなんとなく自分で直そう直そうとしてた結果が、あの言葉かなっていうような感じはするんですよね。

――その頃の国語教育は、方言じゃない形で教えて、例えば作文書くときに方言で書いてもよいのか、方言じゃ駄目なのかとか。国語の時間は、どうだったのでしょうか。

佐々木　僕が小学校とか中学校ぐらいだと、方言じゃなくて、標準語で話したり考えたりしようみたいなのはあったですよね。あの頃学校では生活綴り方運動[4]がなお幅を利かせてたね。ある種の社会主義教育的な運動で、たとえば作文書かせるときに、リアリズムっていって、作者自身のことを書かせるというふうなのがあって、そういうのに僕はすごい抵抗があったんだけども。

寺山と賭け事

――寺山さんと賭け事といえば、競馬ですが、思い出はありますか。

佐々木　僕も競馬の馬券、買いに走らされたことがありますね。渋谷の天井桟敷館のすぐ近くが場外馬券場だったもんですから。忙しくて行けないからメモして「これ買って来てくれ」とかって、一回か二回ぐらいですけどもね。

　寺山さんが競馬に惹かれてるのは、やっぱり血統だと思う。寺山さんは、貴種願望というか、流離譚っていうか、自分は某々の落とし胤なのではないかみたいな感じをもっていたんじゃないかな。お母さんのこと、卑しめたいい方で書きますよね、それもまた裏返された貴種願望じゃなかったかなって、感じることがある。血統へのこだわりがあって、そ

インタビュー風景

れが血統重視の競馬の馬っていう話につながっていくんじゃないかな。
　もうひとつ寺山さんは、馬と並んでるとき、すごくうれしそうだった。馬が好きだったんだね。三沢の少年時代なんか、みんな馬車だったですからね。三沢は製材所とかいっぱいあって、まだトラックとかそんな普及してないから、馬に触れる機会は相当あったと思う。博奕としての競馬とはちがうところだよね。
　でも寺山さんは負けず嫌いだから、結局ほとんど全部買うのよ。競馬で勝つ方法は、一点買うか、全部買うかなんですよね。一点買って当てるか、あるいは全部買って、配当がそれよりよければ勝つ。全部買えば、必ず当たるわけですよ。
　でも博奕打ちとしては全然駄目だと思う。阿佐田哲也さんがいってたけども、競馬は小学生だって。競輪が中学生で、ポーカー

4——［第二章］四九頁参照。

が高校生。大人になったら、やくざ映画によく出てくる手本引き。「寺山君は、博打打ちとしては小学生だな」ってこと、いってたね。阿佐田さんのいうのは、だんだん偶然の要素が希薄になってくるっていう意味。手本引きなんか、必然の世界だっていうの。もっとも寺山さんは偶然が好きだったから、競馬好きっていうのは納得するね。

インタビュアー　伊藤徹・澤田美恵子
二〇二一年一〇月七日実施

第3章 映像

機械仕掛けの巫女殺し

「政治の季節」のテレビドキュメンタリーをめぐって

Priestess of Delphi, John Collier, 1891

青山太郎

Taro Aoyama

名古屋文理大学准教授
一九八七年、愛知県生まれ。
京都工芸繊維大学大学院
工芸科学研究科博士後期課程
単位修得退学。博士(学術)。
今日のメディア環境における
映像制作の美学と倫理学の
あり方を探求している。
著書に、『中動態の映像学』
(堀之内出版、二〇二二年)。

第1節
成長期にあった六〇年代のテレビと寺山修司

天井桟敷結成前夜

寺山修司の年譜を眺めていると、そのたびに彼の仕事の幅広さに驚嘆するのだが、どうにも不思議に思われることがひとつある。一九六七年に旗揚げした演劇実験室・天井桟敷の活動と入れ替わるように、テレビにおけるシナリオの仕事が彼の年譜から姿を消していくのである。天井桟敷結成の翌年以降に寺山が構成作家として関わったテレビ番組のタイトルで確認できるのは《**水葬記**》(九州朝日放送、一九六八年放送)と《**風花の中に散った流星——名馬テンポイント**》(関西テレビ放送、一九七八年放送)の二本のみである。

一九六〇年からの八年間、寺山は精力的にテレビ番組のシナリオを書いている。なかでも、TBSのディレクターであった萩元晴彦や村木良彦とともに制作したいくつかのドキュメンタリーは、当時の社会に賛否両論を巻き起こすセンセーショナルな番組となっていた。後述するように、一九六六年に放送された《**あなたは…**》(TBS)は第二一回芸術祭テレビドキュメンタリー部門奨励賞を受賞するが、翌年に放送された《日の丸》（ＴＢＳ）は閣議で問題視され、電波管理局がＴＢＳを調査、当時の郵政大臣が偏向番組だと発言するにまで至っている。

本章では、そのように物議を醸すことになった番組企画において、寺山の関心がどこにあったのかという問いを導き手としつつ、六〇年代当時のテレビドキュメンタリーというジャンルにどのような社会的・文化的役割が期待されていたかを検討する。さらに、寺山をめぐるこうした考察をひとつの足がかりとして、テレビ放送というメディア表現が受容者にとっての思考の契機となる条件を論じていく。

第2節
「政治の季節」に生まれ育ったテレビドキュメンタリー

テレビにおける「政治的公平」

寺山の活動や思考を検討するに先立って、テレビドキュメンタリーとはいかなる歴史的文脈のなかで生まれた表現領域であり、どのような制約を課されてきたかを確認しておく必要があるだろう。[1]

よく知られているとおり、日本でテレビの本放送が始まったのは一九五三年のことであり、戦後復興と高度経済成長の進展とともにテレビメディアは人々のあいだで普及・発達していく。テレビの受像機の世帯普及率は一九六〇年代に伸長し、東京五輪が開催された六四年には九〇％を超える。そのことは同時に、二度の安保闘争などに象徴されるような、イデオロギーの対立や産業構造の変化にともなうさまざまな暴力、公害といった問題が発

1――黎明期の日本のテレビドキュメンタリーについての具体的な分析は拙稿「「ニューメディア」としてのテレビをめぐる格闘――一九六〇年代におけるドキュメンタリー表現の実験と規制」『社藝堂』社会芸術学会、第九号、二〇二二年、八五―一〇八頁を参照されたい。

生あるいは顕在化した時代に、テレビがその社会的地位を築いていったということを意味している。それゆえに、テレビはつねにその政治的公平性を具体的な番組を通して問われてきた。

「政治的公平」という文言は、一九五〇年に制定された放送法第四条第一項に明記されている。条文を確認すると「放送事業者は、国内放送及び内外放送の放送番組の編集に当たっては、次の各号の定めるところによらなければならない」とあり、以下の四号が定められていた。

一　公安を害しないこと。
二　政治的に公平であること。
三　報道は事実をまげないですること。
四　意見が対立している問題については、できるだけ多くの角度から論点を明らかにすること。

一九五九年の法改正以降、現在第一号は「公安及び善良な風俗を害しないこと」となっているが、これらは番組編集準則と呼ばれ、放送事業者が番組基準を自主的・自律的に定める際に考慮すべき「倫理規範」として位置づけられている。それによれば、放送は不偏不党の立場にあって、健全な民主主義の発達に資するべく多様な情報と見解を社会において共有する機関たるように自律しなければならない。したがって、いかなる政治権力からも干渉されず、国民の「知る権利」に奉仕することを放送法は事業者に求めているのである。

公共圏を形成しそこなったテレビ

しかし、現実に「公平」であるということは、放送事業者にとってつねに難問であり続けている。それは、何をもって「公平」とするかという客観的指標が存在しないという原理的理由だけでなく、本質的に政治権力や一般常識と衝突する可能性を孕むからである。とりわけ、世界的にも「政治の季節」といわれる六〇年代後半は、日本でもベトナム反戦運動、七〇年安保改正反対運動を筆頭に、三里塚闘争や公害訴訟などが起こる。また、それらを通して学生運動も盛り上がりを見せ、政治権力とそれに抗する人々が、文字通り各地で衝突していた。そうした社会のありようを放送するということそれ自体が政府・与党にとっては望ましくない事態であり、そのため、政権関係者は直接かつ非公式なかたちで放送事業者に働きかけをおこなってきた。その結果、政治的争点となりうる数多くの番組が中止・打ち切りになったのだが、テレビドキュメンタリーというジャンルはそうした争いの主戦場であった。

裏を返せば、六〇年代後半とは、そこまで政府が神経を尖らせるほど、さまざまな社会運動が盛り上がりを見せていた時代だったとみることができる。また、一家に一台テレビ受像機があるという当時の状況は、少なくとも量的な意味においてはテレビが公共性を獲得していたということを意味する。

しかし、政治的圧力にせよ、局の自主判断にせよ、そうした番組放送を貫徹することのできなかった日本のテレビについて、政治的議論の場を公に開き、市民的公共性を育むということに寄与してきた――言い換えれば、公共圏を形成してきた――メディアであると評価することは難しい。単発的にはたしかに社会的議論を巻き起こすような前衛的かつ真摯な番組が数多く制作されてきたが、総じてみれば、テレビ全体が「政治的公平」を探求し続けるということ、権力に対して擁護か批判かのいずれか二者択一以外の政治的態度を示すということには失敗し続けてきたとみるべきだろう。結果的に、テレビは高度経済成長のなかで形成された戦後日本の「豊か」で「平和」で「民主的」なイメージを虚構し、それを温存する装置として作動し続けていた。そのような支配的言説を再生産し、見せかけの豊かさを言祝ぐための舞台となっていたテレビは「機械仕掛けの神」(deus ex machina)ならぬ「機械仕掛けの巫女」(medium ex machina)であったということができる。

第3節 秩序を破る記録映像の力能

一九六五年、東京五輪からベトナム戦争へ

過去から未来に向かって人類が進歩し続けているという「神話」がまったく危機に晒されてこなかったわけではもちろんない。とりわけ一九六五年の北爆開始以降、ベトナム戦争は欧米中心の進歩史観への素朴な信仰や崇拝を困難にさせた。日本でもこの年から多くのメディアがベトナム戦争の報道に積極的に取り組むようになり、テレビの世界では「ベトナム特番」ラッシュと呼ばれる事態さえ起こる。[2]

一九三五年生まれの寺山はこのとき三〇歳になっている。第二次世界大戦のとき、父親が出征した先で病死し、自身も青森大空襲で焼け出された経験をもつという点において、寺山はいわゆる「焼け跡世代」にあたる。五〇年代末には警職法や安保改正に反対する「若い日本の会」に参加してはいるが、しかし、それほど積極的に活動していたというわけで

2 —— 日本放送協会編『20世紀放送史』二〇〇一年、日本放送協会、五六〇頁

もなく、ベトナム戦争についても、寺山は実際の政治運動とは距離を取り続けていた（ただし、そうした運動や関連する事件などへの評価や思考は分けて考えるべきで、この問題については本書第4章の荻野雄の論を参照されたい）。もちろん無関心というわけではないのだが、ベトナム戦争そのものというよりも、それによってもたらされた、戦後の日本社会の空気の震えのようなものに寺山は興味を惹かれていたのではないか。当時TBSのテレビ報道部に在籍していたディレクター萩元晴彦は、その「震え」への興味を共有し、増幅させ、結果的にテレビドキュメンタリーという実験場に寺山を引き込んだ人物だと言っていい。

このころ、寺山は詩歌の創作だけでなく、すでにラジオやテレビ、映画のシナリオを執筆し、国内外で評価を受ける作家となっていた。六四年には萩元ともチームを組み、**《カメラルポルタージュ――中西太 背番号6》**や**《サラブレッド――わが愛》**（いずれもTBS）のシナリオを手掛け、テレビドキュメンタリーの構成に携わっている。[3] ただし、映画監督・是枝裕和の言を借りれば、これら二本の作品は「寺山の書いたであろう文学的なナレーションが出色で、それ自体見事なエッセイとして完成しており、今観ても全く古さは感じない」ものの、ナレーションベースの映像自体は当時のごく平均的な番組であるという。[4]

是枝曰く、萩元にとって画期となったのは六五年に寺山とともに制作した**《カメラルポルタージュ――勝敗》**と、翌年に谷川俊太郎を構成に迎えて制作した**《現代の主役――小澤征爾「第九」を揮る》**であり、これらの経験が**《あなたは…》**の方法の考案につながっているという。とりわけ本章の関心からいえば、決定的に重要な示唆を萩元に与えたのは**《小澤征爾「第九」を揮る》**の方法論である。

ベトナム戦争と小澤征爾の顔

小澤征爾は当時すでに拠点を海外に移し、シカゴ交響楽団ラヴィニア音楽祭の音楽監督を務め、トロント交響楽団の音楽監督・常任指揮者に就任するなどの活躍を見せていた。同番組は、一九六五年に東京文化会館で開催された《**第九交響曲演奏会**》での指揮のために帰国した小澤を撮影したものであるのだが、小澤の顔をクロース・アップで捉えた映像と、杉山真太郎アナウンサーとの次のようなやりとりから始まる。

――これからいくつかの言葉を申し上げますから、その言葉から連想したことを答えてください。小学校。

「朝礼」

――ラグビー。

「まあ大変楽しいことですね」

――結婚式。

「あまり大した……親のためのものですね」

――万年筆。

「よく無くなりますな」

3――映画やテレビドラマでは「脚本」と表記される役割について、テレビドキュメンタリーでは「構成」とクレジットされるのが通例である。

4――是枝裕和「萩元晴彦――神のいない世界で」NHK放送文化研究所編『テレビ・ドキュメンタリーを創った人々』二〇一六年、NHK出版、二六六頁。

——一〇〇ドル。

「まあ、大金ですね」

——畳。

「あー、においですね」

——ヴァグナー全集。

「全集はあんまり、嫌いです」

——棒。

「ぼう？　あ、指揮棒ですな、僕の場合は」


こうしたやりとりがしばらく続いた後、《**小澤征爾「第九」を揮る**》というタイトルが示され、場面が転じて、指揮台に上がる小澤の姿が映し出される。カメラは楽団員たちと同じ視線の高さに置かれ、小澤の姿をバストショットのサイズで写しているが、しばしば彼の顔が演奏者の頭の影に隠れるアングルとなっている。ワイヤレスマイクは小澤の声や息遣いも拾っており、「ん、んー」という音声が聞こえる。本番の演奏シーンの映像が二分ほど流れると、練習中の映像に切り替わり、「四分音符、少し長めにください」という指示や、曲の解釈を説明する音声も聞こえてくる。そうして本番と練習の光景が交互に映し出された後、再びインタビューパートに切り替わる。ただし、前半のインタビューがノーカットであったのに対して、この場面ではカットがしばしばはさまれる。いくつか引用してみよう。

――味噌汁の実は何がお好きですか。

「大根の千切りです」

――足のきれいな女性と心のきれいな女性、どちらを欲しますか。

「心のきれいな女性……両方とも欲しますね」

――五〇歳になったら何をなさいますか。

「やっぱり音楽家ですね」

――いま一番欲しいもの。

「欲しいもの……無理な話なんですけど、もっと日本にいる時間がほしいです」

――政治に関心がありますか。

「まあ、よく腹は立てます」

――ベトナムからアメリカは手を引くべきだと……

「もちろんそうです」


このあとも小澤と杉山アナウンサーとのやりとりは続くのだが、ここで特筆すべきことがある。終始にこやかにインタビューに答える小澤が唯一気色ばみ、質問を途中で遮るように答えているのが、このベトナムについての一問なのである。質問文を作成した谷川からすれば、ごく当たり前の時事ネタのひとつとして用意したのかもしれないが、明らかにこのシーンは、他のインタビュー場面とも演奏場面とも異なる小澤の表情を捉えていると言える。それは谷川や萩元にとっても意表を突くものだったかもしれない。

見せかけの秩序への一刺し

《小澤征爾「第九」を揮る》以前の《現代の主役》や他の先行する番組と比較してみると、この番組での谷川と萩元の演出の狙いはおおよそ推測できる。それは、取り上げる主題を表現するにあたってひとつの物語を構成し、そこにあらゆる要素を収斂させていくのではなく、一つのテーマに集約されないさまざまなイメージをひとつの時間軸に配置していくというものである。小澤の生き様を「世界的指揮者」として神格化・神話化するというよりも、同時代のひとりの日本人として彼を位置づけ直し、その上で彼が音楽という仕事に――やはりひとりの人間として――真摯に向き合っている姿を描き出そうというのが、おそらくは制作陣の当初の企図であった。実際のところ、完成した番組の印象は、練習と本番を通じて淡々と「第九」を作り上げていく小澤の表情の変化を映し出していくというもので、番組のラストシーンも、武満徹の「音楽という名詞を生き生きとした動詞に変える仕事が「指揮」というものではないか」という控えめなコメントで締めくくられている。たしかにインタビューパートでも音楽に関わる質問はあるのだが、総じて専門的な言葉が出てくることはなく、むしろ音楽とは無関係であるか、素朴すぎるような質問が多いようにも感じられる。

それだけに「ベトナム」の一問をめぐるやりとりは、きわめて鋭利な印象を与える。もちろん、ベトナム戦争に反対するというのはいたって常識的な回答であり、特別にこのやりとりが音楽の話題から離れて政治的だということではない。しかし、その表情や、やりとりの間がもたらす緊迫感は、おそらくは制作陣が意図していた以上に、凡庸な日本人から抜け出てしまった小澤の国際人としての感覚を不意に描き出す格好になってしまっている。

それは映像という装置に本質的に備わっている力能のひとつの現れだと言える。というのも、そこに流れる時間のなかで保たれてきた秩序が不意に破れる瞬間を、カメラは逃さず記録しそのまま表現しているからである。小澤を機械的に質問攻めにするこのインタビューは撮影機械と結びつくことで、結果的に小澤征爾という人間のイメージを単一の物語に回収させず、むしろそうしたイメージに複雑な亀裂を入れている。

そのように考えると、この同年の一一月、やはり《**現代の主役**》シリーズの中で放送された《**あなたは…**》におけるインタビューは《**小澤征爾「第九」を揮る**》のなかで見いだされた方法論を意識的に敷衍したものであるように見える。

第3章
機械仕掛けの巫女殺し
——「政治の季節」のテレビドキュメンタリーをめぐって

第4節 機械仕掛けの巫女を解体する

映像

市井の人々を質問攻めにする

《あなたは…》は、インタビュアーがカメラに向かって「いま一番ほしいものは何ですか」「昨日の今頃は何をしていましたか」「あなたにとって幸福とは何ですか」「あなたはいったい誰ですか」と問いかけるシーンから始まる。次に、魚河岸の仲買人へのインタビューで一七項目の質問が提示される［表1］。これに続いて、会社員、若い女性、ボクサー、小学生、高齢の男性、遊び場の男女、結婚式場の新婦、アメリカ兵、東大生、デモ参加者、モーターショーのキャンペーンモデル、食品工場の従業員といったぐあいに性別や年齢、職業、場所の異なるさまざまな人々へのインタビューが行なわれ、それぞれ先の質問が反復される。

これらの質問は寺山による原案をもとに、ディレクターの萩元と村木良彦が推敲を重ねて絞り込んだものだとされている。その質問の一つ一つは必ずしも意味的に連関している

表1｜《あなたは…》における質問文

1. いま1番ほしいものは何ですか。
2. あなたは月にどれぐらいお金があったら足りると思いますか。
3. もしあなたが総理大臣になったらまず何をしますか。
4. あなたの友人の名前をおっしゃってください。
5. 天皇陛下は好きですか。
6. 戦争を思い出すことがありますか。
7. ベトナム戦争はあなたにも責任があると思いますか。(あると答えたら)ではあなたはその解決のために何をしていますか。
8. 昨日の今ごろ、あなたは何をしていましたか。
9. それは充実した時間でしたか。
10. 人に愛されていると感じることがありますか。(あると答えたら)それは誰にですか。
11. いま1万円をあげたら何に使いますか。
12. 祖国のために戦うことができますか。(できると答えたら)命をかけてもですか。
13. あなたにとって幸福とは何ですか。
14. ではあなたはいま幸福ですか。
15. 何歳まで生きていたいですか。
16. 東京はあなたにとって住みよい街ですか。(よいと答えたら)空がこんなに汚れていてもですか。
17. 最後に聞きますが、あなたはいったい誰ですか。

わけでなく、抽象度もまちまちである。また、インタビュアーが矢継ぎ早に質問をし、相手からの聞き返しに答えることも、返答にリアクションをすることも一切なく、そのようなやりとりをノーカットでつないでいく。その手法は《**小澤征爾「第九」を揮る**》のそれを踏襲しているといっていい。

戦争の記憶と責任を問う

しかし、たとえば「ベトナム戦争はあなたにも責任があると思いますか」「あなたはその解決のために何をしていますか」という二段構えの問いがそうであるように、多くの質問が「よくある問い」であるように見えて、一般論でもってそれに答えることを拒んでおり、同時に、そこから一般論が形成されることも回避している。投げかけられた問いに真面目に回答しようとすれば、その人物はベトナム戦争についての「私の責任」とは何かを考えるところから始めなければならない。そのやりとりをノーカットで映す映像は、その人物がすでにそうした考えを持っているか、いまその場で考えているか、あるいは考えることを放棄して紋切り型の回答でごまかすか、または思弁的であるふうを装って適当にはぐらかすか、というようなさまざまな態度を描き出している。

とりわけベトナム戦争をめぐる一問は、マスメディアによって発信される情報がどのように人々に受容されているか、それによって言説空間がいかに形成されているか（いないか）を検討するという意味において、テレビという巫女の神託のあり方自体を同時に批判している。多くの大人たちが「責任はある」としながら「自分では何もしていない」、あるいは「よく分からない」と答えるなかで、小学生らしき少年が「全然ないと思います」と断言する場面は非常に印象的で、ベトナム戦争という出来事と日本に住まう人々とのつながりの曖昧さを浮かび上がらせている。その意味では、会社員風の若い男性のやりとりにも同様の稀薄さがまったく別の仕方で現れている。というのも、男性はきっぱり「ありますよ、当然」と答える一方で、「祖国のために戦うことができますか」の問いに対して、しばらく間をおいて「いま日本は平和ですから」として答えを濁す。言い換えればその男性のもつ想像力とは、一方ではベトナムの戦場と自分を結びつけつつ、他方では未来の自国の戦争と自分自身とを結びつけられない、そういう種類のものだということになる。そこに、メディア表象と実際の世界認識とのあいだの紐帯のまがいものらしさが透けて見える。

あるいは、その少年が「戦争を思い出すことがありますか」という問いに「体験したことがないから分かりません」と答えるのに対して、続いて登場する高齢の男性が「大いにあります」と話す。その表情には独特の緊迫感がある。というのは、世代の対比というだけでなく、それまでおそらく酒に酔って上機嫌な様子だった男性の目つきがその回答の瞬間に真剣そのものに鋭く光るように見えるからだ。それは彼の戦争の記憶の切実さ――それがどのようなものであるかは番組では明かされない――を言葉以上に雄弁に語っている。しかし、その彼も「あなたはいったい誰ですか」と問われると「参っちゃったな、答弁に困った」と言って後頭部を掻き、「うーん」と最後につぶやき、そこで映像がカットされる。

第3章

機械仕掛けの巫女殺し

――「政治の季節」のテレビドキュメンタリーをめぐって

そうした観点からすれば、「あなたはいったい誰ですか」や「あなたにとって幸福とは何ですか」という問いは——おそらく寺山や萩元がもっとも関心をもっている質問であると思われるが——単に回答を求めるにとどまらない。むしろ、インタビュアーに起用された三人のアマチュアの女性（村木真寿美、古垣美和子、高木史子）による機械的質問は、人々から丁寧に答えを引き出すことよりも、問いを突きつけられ、戸惑い、聞き返し、言い淀み、答えに窮する人々のイメージを通じて、これらの問いが人々の日常生活において不問に付されているということを浮かび上がらせる。言い換えれば、そうした問いを投げかけられた人々の反応を写し撮ることによって、戦後の高度経済成長という資本主義の神話、あるいは社会主義という革命の神話に自らの思考や感覚が埋没している人々のイメージをこの番組は生々しく描き出している。満員電車に乗り込むサラリーマンも、反体制を叫ぶデモに加わる若者も、社会的に与えられた「神託」の意味するところを探求しようとはしていない。

番組全体の構造にあらためて目を向けるならば、起承転結や序破急といった明確なストーリーテリングの構造をもたない《**あなたは…**》は反物語的としばしば評価されるが、同番組は単に形式的な面で物語的でないということにつきない。たしかに、科学的な解説によって説得を図るものでも、劇映画的な構成によって物語世界に引き込み感動を誘うのでもないという意味において、この手法は「モンタージュ」の否定である。[5]ひとつの物語が明瞭に構成されるべく編集するというのではなく、むしろ、生中継のように複数のカメラの映像をスイッチングでつないでいく手法に近い。その点からいえば、黎明期のテレビへの先祖返りのようにも捉えられる。

しかし「反物語」という言葉にひきつけて考えるならば、寺山たちは、テレビ画面において繰り返し語られてきた社会的神話を信じ続けることに疑いの目を差し向けるべく、同じテレビ画面という神殿において反旗を翻していたのである。寺山たちは、インタビュアーのマイクを介して撮影現場にいた人々に「神託」を鵜呑みにしつづけることの再考を迫っただけでなく、そこに生まれた可笑しくも気まずい時間を共有することで、お茶の間でテレビを見ている視聴者にも同じ要求を突きつけていたのである。

ただし、**《あなたは……》**について言えば、そのねらいを視聴者は意図的にずらすこともできただろう。というのは、投げかけられる質問がひとつのテーマに集約されるものではなく、内容的には不規則で発散的に見えるからこそ、視聴者は画面に映る十人十色の反応を「他人事」として位置づけることで、笑いの対象にすることができたと考えられるからである。

《日の丸》という焦点化の試み

翌年二月九日に放送された**《現代の主役――日の丸》**は、やはり寺山が構成を担当し、萩

5――モンタージュとは、映画学の用語で、複数の不連続なショットをつなぎあわせることで、新しい意味や雰囲気を演出する技法のことをいう。元々は「組み立て」を意味するフランス語の montage からきている。

元が演出を務めており、基本的な方法論は同じであるのだが、テーマが明確かつ具体的であるために、むしろ思想的衝突が顕在化しやすかったと考えられる。たとえば番組冒頭、前作でもインタビュアーを務めた高木史子が「日の丸といったらまず何を思い浮かべますか」と問うと、マイクを向けられた女性は「キャラメル……」と答える。なるほど立花製菓が販売していた「日ノ丸キャラメル」を連想するというのは間違いではない。ほかにも東京五輪の際に振ったという人々も出てくるが、一連の質問［表2］のなかに「祖国」「軍歌」「戦争」というキーワードが散りばめられているところから、戦前から戦後にいたるまで日本国旗であり続けているところの日の丸と回答者がもつ日の丸のイメージの距離を測ろうという制作者の批判的意図は明らかで、それをはぐらかして受け取るのはいよいよ難しい。それは戦争――かつての太平洋戦争であり、遠い異国のベトナム戦争でもある――を意識から遠ざけ、社会のさまざまな矛盾から目を背けることを容認する「戦後」なるものに耽溺しようとしている自分自身の姿を否応なく突きつける。それは、かつての戦争責任がうやむやにされることや、いまどこかで起きている戦争の責任の所在が不明確にされることを黙認してしまっている自分たちのイメージでもある。寺山の質問文は単なる「戦争反対」のメッセージであることを超えて、現代のひとりひとりの戦争責任を問うている。

前作以上に政治的であることをより明確に打ち出したこのテレビドキュメンタリーは、保守層の不興を買った。この放送の翌々日にあたる二月一一日は法改正によって国民の祝日となった最初の建国記念の日であり、政権与党はそうした政策を正面から批判する番組と受け取った。国文学者の守安敏久の研究によれば、放送後この番組を問題視する声が上が

表2｜《日の丸》における質問文

1. あなたの家に日の丸はありますか。(あると答えたら)いつ、誰が買ったものですか。
2. その日の丸はどこに掲げれば美しいと思いますか。
3. あなたは祖国と家庭とどちらを愛していますか。
4. 誰かに日の丸を振ってもらったことはありますか。(あると答えたら)いつ、誰にでしたか。
5. あなたの戦友の名前をひとり言ってください。
6. その人はいま、どこで何をしていますか。
7. あなたの好きな軍歌は何ですか。
8. 日の丸の赤は何を意味していると思いますか。
9. 日の丸を振ったことはありますか。
10. あなたは外国人の友だちはいますか。(いると答えたら)どこの国の人ですか。
11. もし戦争になったら、あなたは彼と戦うことはできますか。(できると答えたら)殺すこともですか。
12. 最後に聞きますが、あなたがこれから日の丸を振ることがあるとすれば、いつ、何のためだと思いますか。

り、郵政大臣であった小林武治が調査を約束、電波管理局による事情聴取などの調査を経て、二月二一日の閣議で小林大臣が「偏向的な内容があった」と報告しており、TBSも、対外的に謝罪するなどといった対応こそしていないものの、当時の朝日新聞の取材に報道局長が、政治的公平性の観点から「失敗作」という言葉を使い、同番組を切り捨てている。[6]

この番組の後も、寺山が構成を手掛け、萩元や村木が演出を務めるという布陣でのドキュメンタリー番組はいくつか制作されるが、間もなくして成田報道事件に端を発するTBS闘争を経て萩元と村木が同社を退職すると、テレビという実験場に見切りをつけたかのように寺山は構成作家の仕事から離れていく。

第5節 お茶の間という神殿

「わからない」テレビ番組に対する拒絶

《あなたは…》以前の多くのテレビドキュメンタリーは、さまざまな問題を思考し表現するために「言葉」を駆使してきた。もっといえば、それはテレビに限らず、社会のありようを問うあらゆるメディアの根幹をなすもっとも基本的な道具である。ところが、たとえば「責任」であるとか「幸福」という日常的にありふれた言葉が一体何を指すのかと問われると、多くの人々が答えに詰まる。《あなたは…》という番組はインタビューという言葉を多用する形式をとりながら、むしろ実社会において「言葉」――あるいは思考することそれ自体――が機能不全に陥っているという状況を浮き彫りにしている。

同番組は第二一回芸術祭テレビ・ドキュメンタリー部門で奨励賞を受賞するが、しかし、そのねらいは必ずしも同時代的に十分に理解されていたわけではなかった。とりわけディレクターの萩元と村木は、放送局内部でも無理解による批判と圧力にさらされており、萩

6――守安敏久『寺山修司論――バロックの大世界劇場』二〇一七年、国書刊行会、九二―九三頁。

元はそれを「内部の敵」とまで言い切っている。それは上層部だけのことを指すのではない。社会学者の丹羽美之の研究によれば、TBSの労働組合内部のティーチ・インでニュース担当のパネラーが《あなたは…》について、繰り返し「わからない」と発言しており、丹羽はその記録を参照しながら次のように論じている。

そこでは既成の価値観とは根本的に相容れない場所から発せられた物語は「わからない」という非難のもとに、しだいに排除されていった。テレビは「わかりやすい」自己充足的な物語だけを語るメディアへと一元化されつつあった。[8]

こうした挑発的で「わからない」ものに対する拒絶反応がテレビというメディアにおいて生じている意味を本章の最後に考えてみたい。というのも、このころヌーヴェル・ヴァーグやシネマ・ヴェリテといった映画革新運動が世界各地で起こり、日本でも一九六二年には日本アート・シアター・ギルド（ATG）が結成され、都市部に芸術映画専門館ができるなどの動きが始まっていたからだ。つまりは、鈴木清順、岡本喜八、今村昌平、大島渚、松本俊夫、吉田喜重、篠田正浩といった作家たちが登場するのもこの頃であり、なかには寺山が脚本を担当している作品もある。また、少なくない作家が映画とテレビを行き来して仕事をしていた。それゆえ、一見すると、この時代において《あなたは…》がそれほど特別に難解で挑発的であったようには思われないのである。むしろ、映画業界に比べれば相当に穏当かつ誠実に政治的公平性を探求しているようにさえみえる。

増殖し続ける「機械仕掛けの巫女」

しかし、大衆メディア全体の変遷という観点からみると、この「わからない」の背後にある構造が見えてくる。テレビ受像機が家庭に普及したことで、「主婦向け」のホームドラマや、子ども向けのアニメ番組が数多く作られるようになり、女性や子どもの映画観客は減少していく。全体に観客動員数が激減していくなかで、映画会社はそれまでの万人受けする娯楽映画という方針を変更し、「テレビに走らない成人層」に対象を絞り、暴力やセックスを扱う刺激的で挑発的な作品を制作する路線を進むことになる。[9] そうなると、多くの女性や子どもが鑑賞できる映画はいよいよ数が限られ、人々は一層テレビに娯楽を求めるようになる。そうした状況によって、丹羽が指摘するような「自己充足的な」番組制作への傾斜は加速していく。

そのような傾向は世界的な現象であったらしく、一九八一年にウンベルト・エーコは「テレビ、失われた透明性」という論考のなかでそうした変質を指摘し「自分のことだけを話すテレビにつながれ、透明性の権利を剝奪され、すなわち外の世界とのつながりを剝奪されて、視聴者は自分自身に立ち返るのだ」と論じている。[10] つまり、意味づけられる以前の世界の姿をフレーミングする「窓」ではなく、これまでに見慣れてきた番組のように美し

7――萩元晴彦、村木良彦、今野勉『お前はただの現在にすぎない』二〇〇八年、朝日文庫、一五八頁
8――丹羽美之『日本のテレビ・ドキュメンタリー』二〇二〇年、東京大学出版会、一〇〇頁
9――この問題について詳しくは北浦寛之『テレビ成長期の日本映画――メディア間交渉のなかのドラマ』(二〇一八年、名古屋大学出版会)を参照されたい。
10――ウンベルト・エーコ(和田忠彦監訳)『ウンベルト・エーコのテレビ論集成』二〇二一年、河出書房新社、二八一頁

く演出された光景を反復する「鏡」の役割をテレビは果たすというのである。その比喩を使うのならば、テレビは巫女というよりも御神体というべきかもしれないが、いずれにせよ、そのとき政治的公平性の理念は、多くのテレビマンが探求すべき使命であるだけでなく、時として、既成の価値観や既得権益の存続のためにはたらく守護神として召喚されるようにもなる。実際、近年政府は放送局に圧力をかける口実として、放送法の「政治的公平」の文言を用いている。

寺山たちの試みとは、そのような巫女の躯体を背後から突き破って風穴を開け、その神秘を暴こうとするものだった。同時に、恭しく神託を復唱しようとする大衆の喉元に「それは本当に信じるに足る話か」と抜身の刃を突きつけるものだっただろう。しかし、巫女殺しを企てるその場所は「お茶の間」であり、それはテレビからの「神託」を聞く神殿であるだけでなく、当然、一家団欒、憩いの場である。その秩序を闖入者に乱されることを視聴者も多くのテレビマンも望み続けはしなかった。

「政治の季節」の終わりとともに寺山は神殿を去る。しかし、実験場を演劇や映画に移し、そこで繰り返し言葉の機能不全やメディアの神秘を問い続けた。そのように天井桟敷以降の寺山を見ることも可能だろう。

参考文献

青山太郎「「ニューメディア」としてのテレビをめぐる格闘——一九六〇年代におけるドキュメンタリー表現の実験と規制」『社藝堂』社会芸術学会、第九号、二〇二二年、八五—一〇八頁
日本放送協会編『二〇世紀放送史』二〇〇一年、日本放送協会
是枝裕和「萩元晴彦——神のいない世界で」NHK放送文化研究所編『テレビ・ドキュメンタリーを創った人々』二〇一六年、NHK出版
守安敏久『寺山修司論——バロックの大世界劇場』二〇一七年、国書刊行会
萩元晴彦、村木良彦、今野勉『お前はただの現在にすぎない』二〇〇八年、朝日文庫
丹羽美之『日本のテレビ・ドキュメンタリー』二〇二〇年、東京大学出版会
北浦寛之『テレビ成長期の日本映画——メディア間交渉のなかのドラマ』二〇一八年、名古屋大学出版会
ウンベルト・エーコ（和田忠彦監訳）『ウンベルト・エーコのテレビ論集成』二〇二一年、河出書房新社

第4章　政治

寺山修司の「幸福」の政治学

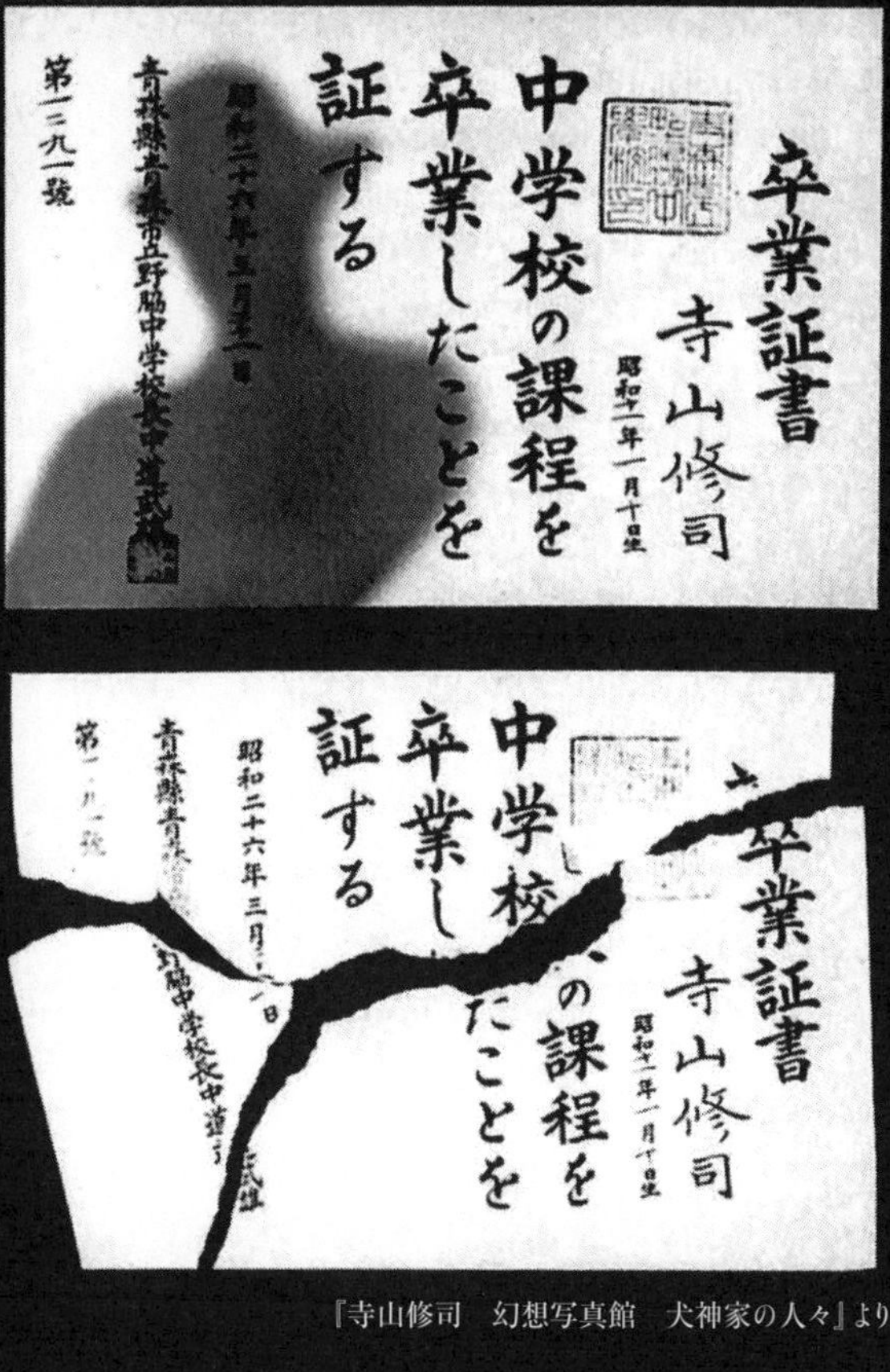

『寺山修司　幻想写真館　犬神家の人々』より

荻野雄
Takeshi Ogino
京都教育大学教授

一九六七年、北海道生まれ。政治思想史研究者。京都大学大学院法学研究科博士後期課程修了。修士(法学)。専門はドイツ政治思想史。共著に、Simmel-Handbuch Leben-Werk-Wirkung(J.B.Metzler、二〇二一年)、『作ることの日本近代——一九一〇-一九四〇年代の精神史』(世界思想社、二〇一〇年)など。

第1節 選挙と競馬と電子計算機

変遷した寺山修司の政治観

演劇、映画、詩作などの表現活動に取り組む傍らで、さまざまな対象を自在に論じていった寺山修司は、一九六〇年代半ば頃からは政治に関しても積極的な発言を行うようになった。特に、六〇年代中葉から七〇年代初めにかけて激しく燃え上がった青年たちの政治的反逆に、寺山は強い関心を寄せ、このいわゆる「新左翼」の反体制運動に随走して多くの論説を書き残した。実は寺山の政治観は、六〇年代後半に一種の転換を果たし、それ以降、現状批判的傾向を強めていったのであり、この転換の際にいわば回転軸の働きをしたのが、寺山の「幸福」概念だった。本章では、この幸福概念に焦点を当てて、寺山の政治的立場の変遷を辿っていきたい。まず、寺山の当初の政治理解を確認することから始めよう。

寺山修司と日本国憲法

六〇年代半ば頃、寺山は戦後日本の政治体制の基本的な方向性を受け入れていたと言える。すなわち、日本国憲法が定めた「国民の代表者に国政を信託する体制」に、寺山は戦前の政治体制の「神話」的性格を清算する意義を認めていたのである。寺山のこの初期の政治観は、一九六七年のエッセイ「選挙は電子計算機で」に、はっきりと刻印されている。

ここで寺山は、日本国憲法の定義と呼応して、政治を、少数の「代理人」に国家の諸々の問題への対処を委ねることと規定する。代理人の任務とは、一言で言えば、私的な個人の集合である国民全体の生命と自由とを保障して、人びとが「幸福追求の権利」（第一三条）を行使できるようにすることである。もちろん、戦後の日本では「主権が国民に存する」のだから、なぜ「自分自身で積極参加しないのか」と問う人もいるだろう。この問いに対する寺山の答えは、「たかが政治だから」である。「政治は私たちの人生にとって、手段ではあっても目的ではあり得ない」。国民の現実的生活に秩序と安定を与えることは「技術」にすぎず、これに秀でた人間に国政を任せることは合理的であり、望ましいのである。

だが代理人の「技術者」的性格を強調する寺山のこの主張の眼目は、代理人がもはや決して「英雄」ではありえず、むしろ「無私」の存在でなければならないことを指摘することにこそある。「実際のところ、政治は個人の感受性で律しきるにはあまりにも膨張しすぎている。それはわが国だけでも、一億人の幸福を同時性のなかでとらえなければならない（中略）。（中略）政治においては、いかにして英雄をあきらめて、「無私」への時の回路にいたるかということが課題である」[2]。戦前の日本政治のあやまちは、政治家に、何ごとも「よきにはからってくれる」「父親」のイメージを重ねていたことだった。「指導者への疑問のさしはさみ方（中略）を持たない孝行息子たちの不幸を、私たちの親たちは、第二次世界大戦でいやというほど味わったことだろう。そして、為政者を「父親」のイメージから、次第に「代理人」のイメージへと塗り替えてきたのである。「代理人」、すなわちStand in。これは、何もかも一人で片づけることのできなくなった時代の、合理的な分担作業である」[3]

投票の模範としての競馬

もちろん戦後の体制でも、国民を指導する力を与えられている以上、代理人が「英雄になりすまし」、人格的な言動をする恐れは残っている。寺山によれば、国政の「福利は国民がこれを享受する」民主主義体制に選挙が不可欠なのは、それがこの危険を防ぐ効果をもつからである。定期的な選び直しが実施されているとき、代理人は次の選挙でも選ばれるため、できるだけ無私になろうと努めるだろう。こうして戦後の体制では、人びとは「いいなりになる幸福」から醒めて、各人が自身の幸福を追求できるようになっているのである。

ところが現在の選挙では、有権者には適切な代理人を選ぶために十分な情報が与えられておらず、競馬よりも「前近代的だ」と、寺山は憤る。「私は、人間の出馬表を作ることに

1――寺山修司「選挙は電子計算機で　せめて競馬なみの〝近代化〟を」『エコノミスト』一九六七年一月二〇日号、毎日新聞出版、一二三頁。
2――同上、一二二頁。
3――同上、一二二頁。

よって、選挙にも、選択データを与えるべきであると考える。これは冗談ではない」[4]。寺山は、選挙の候補者に関しても、「血統」、「体重の変化」、「四年間の業績」などのデータをそろえた万全の資料を作成すべきだ、と主張するに留まらず、もっとも適切な代理人を選び出すために、「「投票」は、まさに電子計算機に一任するのがよい」とすら述べている。さらに寺山は、無私の人間コンピューターの彼方に本物のコンピューターによる指導をも展望し、将来的に「電子計算機に為政を任せる」可能性にも――今度は「冗談」としてではあるが――言及するのである。

このように寺山はもともと、日本国憲法によって導入された体制を政治の「脱神話化」、「父からの解放」として評価していたのであり、その限りで戦後の主要な現状批判的立場である戦後民主主義からも社会主義からも一線を画していた。戦後民主主義は、代理人体制に保守政権を重ね合わせて考えたため、「市民社会」中心の直接民主主義を志向しがちだったし、また社会党や共産党が追求した社会主義の究極の理想は、国家の廃絶すなわち代理人体制自身の解体であった。実際寺山は両陣営に対しては終生冷ややかな姿勢を崩さなかったが、そうだとすれば、そしてにもかかわらず既に述べたように、寺山の政治観が六〇年代末頃から同時代への批判意識を強めていったとすれば、彼はどのようにして反体制の論理を紡いでいったのか。

競馬の逆説

先のエッセイで寺山は、競馬の予測を模範にして政治の理想を、無私という観点から見て完璧な代理人が選び出されることと記していた。しかしひるがえって考えて、競馬自身でこうした理想が実現され、勝つ馬が絶対確実に算出されるようになったらどうなるだろうか。実は寺山自身が『幸福論』で、そのときにも「私たちは馬券を買うだろうか?」と自問して、「たとえレースの結果を予知しているのが自分だけだとし、いい配当が望めるとしても私はそのレースに賭けることの愉しみをうしなってしまうように思われる」[5]、と答えているのである。寺山によれば競馬の歓びは、利得への確実な接近にではなく「偶然」、つまり「幸運」を体験することにこそある。だとすれば、情報に基づく合理的な推測は、確かに或る程度までは幸運を引き寄せてくれるとしても、偶然性の入る余地を残らず排除する完全な予測に至れば、我々は幸「運」を味わうことはできなくなるだろう。そう考えれば競馬新聞に掲載されているデータは、「より多く知るための資料であり、科学的認識に近づくことであり、そして勝敗を必然で割り出そうとする、反運命的な推理法の手引き」[6]にすぎなくなる。「ゲートが空いて、各馬が一斉に緑の芝生へ駆け出した瞬間に、私はどれほどたびたび、「理性からの自由」「合法性からの自由」を願ったことだろう」[7]

4——同上、二四頁。なお、引用文中の太字は原文のママ。

5——寺山修司『幸福論』二〇〇九年、KADOKAWA、一九〇頁。なお『幸福論』は、『思想の科学』に、一九六八年一月号から一九六九年一〇月号まで掲載された。

6——同上、一九一頁。

寺山は、予想と幸運との間のこの逆説的な関係と似たそれを、政治と、先のエッセイで政治の目的として前提されていた人間の「幸福」との間にも見出すことになった。戦後の合理的で中立的な代理人体制では、国民は各自の幸福追求を保証されているが、人びとは幸福を確実な方法で手に入れようとして、むしろ幸福を取り逃がしてしまっている。

第2節

偶然の賜物としての幸福

寺山の幸福観

今示唆したように幸福を同時代批判のための鍵概念としたとすれば、寺山はそれをどのように捉えていたのか。一九六五年の対談で、寺山はやはり代理人体制の有益性を強調する一方で、「どうしても「代理人」にまかせられないものは、なんであろうかと、最近になって、考えるようになってきた」と話を転じ、「するとふっと「生き甲斐」なんていう言葉が問題になってくる」と述べている。「僕らの世代では生きることが生き甲斐だという認識の仕方がある。生き甲斐そのものを生きて行くということかね」[8]。ここで「生き甲斐」が意味しているのは、自分の外部にある心の拠り所などではなく、「代理人」には任せられないことにほかならない。自分が幸福になることこそ何よりも他人に任せられないことであるならば、人は、ここで寺山の言う生き甲斐を生きるときにこそ幸福となりうるだろう。

7——同上、一九二頁。
8——寺山修司・野口武彦「戦後デモクラシー論」『思想の科学』一九六五年一二月号、思想の科学社、六頁。

こうした生き甲斐を寺山はまた、「自分自身になりきる」[9]こととも表現する。とはいえ私の行動を必然的に規定する私の「本質」が存在していると、寺山が考えている訳ではない。「あらゆる意味も定義も本質も、存在に先行することはできない。まず、「何かが起こり、それからすべてはじまる」のである。私は、私自身の原因である」[10]。「私」の存在は、本質をもたない「偶然的」なものである。そして「私」はこうした偶然的な「私」の存在を、「私」自身が原因となって、いいかえれば「自発的に」生きていかねばならない。「わたしは自分を「それはわたしです」といい得る簡潔な単独の略号を思いつきません。（中略）自分は自分自身の明日なのであり、自分の意識によってさえ決定づけられていない自発性なのです。（中略）わたしもまた、わたし自身への疑問符として自発的に生きてゆく、といったことを目指すべきなのではないでしょうか」[11]。こうして寺山は「生き甲斐」、「自分自身になりきる」とは、偶然的な自己存在を、純粋に自発性から生きていくことであると捉えていく。「人間の条件は、つねに本質よりもさきに「生」そのものがある」[12]

幸福が「自分自身になりきる」ことを条件としているならば、幸運にとってと同様に、幸福にとっても偶然性は不可欠となる。もちろん、私の偶然的な存在が恵まれたものであるとは限らないから、偶然がそのままで幸福であるのではない。だが寺山によれば、「「私は、私自身の原因である」と言い切れるものだけが、歴史的思考をあらたに生成する自由をもつ」[13]。ここで「歴史的思考をあらたに生成する」、とは、「私」という偶然性を自発的に生きるとき、「私」はたとえささやかではあれ、一つの新たな歴史物語の起点となりうる、ということを意味しているだろう。「人は、偶然なることを、「科学的認識によって、必然化し得た」としてもそれで幸福になれるのではない。偶然の本質、偶然をそれ自体の存在として受けとめようと思い立ったときに、はじめて自由になれるのだ[14]」。自己存在の特殊な偶然性を受け入れるときにだけ、人は自発的に新たな歴史物語を紡ぎ出すことができる。そして自分が創造する歴史物語の中でだけ、幸福にとって決定的に重要な「出会い」は起こりうる。それは、自身が切り開いた地平の上での他人や事物との出会いであり、それらを通じての「翌日からの自分の人生変化」の可能性との出会いである。偶然によって恵まれるこうした出会いと繋がりこそ、我々を幸福で包むことができる。「出会いは、自発性をもった幸福体験として、怠惰な日常生活の突破口となっているとも言える[15]」。「出会いに期待する心とは、いわば幸福をさがす心のこと[16]」である。「自己自身になりきる」ことは、偶然を活かし、偶然の働く余地を維持することとして、幸福へと「賭ける」こと、幸福へと開かれることなのである。

9――寺山修司「小坂照男論」『遊撃とその誇り　寺山修司評論集』一九六六年、三一書房、一四八頁。
10――寺山修司「永山則夫の犯罪」『現代の眼』一九七六年一二月号、現代評論社、三一二〜三一三頁。なお、最後の句点がないのは原文のママ。
11――寺山修司『家出のすすめ』二〇〇九年、KADOKAWA、一七九頁。
12――寺山『幸福論』一五七頁。
13――寺山「永山則夫の犯罪」三一三頁。
14――寺山『幸福論』一八八頁。
15――寺山『幸福論』九七―九八頁。
16――寺山『幸福論』九二頁。

「現実原則」の支配

幸福の性格がこのように見定められていけば、代理人体制を無私の「科学的精確さ」へと完成させるというかつての寺山の理想は、当然ながらむしろ幸福を阻害するものとして見直されざるをえなくなる。「やがて、「偶然」が生まれない社会をユートピアだと唱える社会科学が支配的になってゆき、「不幸」をとりのぞくためには何よりも「幸福」という夢想を絶滅させることが急務であるとなったとき、「幸福論」がいかにしてそれに立ち向かっていかなければならないかが、問題になることだろう」[17]

ただし、日本国憲法が規定する代理人体制自身は、基本的には偶然性を排除する論理とは無関係であり、むしろ「父からの解放」として、国民が幸福追求の権利を行使する条件を創り出しているはずだった。にもかかわらず一九六〇年代末以降、寺山が同時代の社会状況に対して批判的対峙の姿勢を強めていったのは、代理人が国民の現実的生活を保障する体制の下で、人びとがもっぱら自分および家族の生活を維持するための活動へと専心していると、つまり「現実原則」が日本社会全般に浸透していっていると、見たからであった。「父親像の消失によって、われわれは「指導と陶冶」から解放されることができた」が、それは「政治の問題」であって「家政の問題」は残ったのであり、そのため、「人々は「一人の不在の父親像」を共有することによって、負の家＝国家を幻影化し、そこに自らを帰属させようとする」[18]。父は消えたものの「家」の原理は温存され、人びとは家を維持するために自身を規格化された複製可能な鋳型に押し込み、外から課される活動に従事して、自らの偶然性の活性化を放棄している。家へと閉じこもった人びとは、互いに背を向けて出会いを拒絶し、それどころかむしろ相互に監視し合ってさえいる。そして監視から身を隠すため人びとはいっそう内面へと退行していくから、出会いの機会はますます減少する。
戦後の代理人体制では、現実原則の事実上の支配の下で、幸福は私的領域にこそあると広く考えられ、この私的所有物としての幸福を確実に所持するために、人びとは偶然性を組織的に排除し、また逸脱を恐れて自発性を抑圧している。真の幸福の可能性が確実に摘み取られていると診断した寺山は、日本の現状への批判的姿勢を固めていったのだった。

17――寺山『幸福論』一七七頁。
18――寺山修司「父親なき社会のハイセイコー」『朝日ジャーナル』一九七九年六月八日号、朝日新聞社、一一〇頁。

第3節

幸福への賭けとしての政治的反抗

想像力という自発性

　幸福の観点から同時代へと批判的に切り込んだ寺山は、特に後年には現実原則と「資本主義」との同一視を深めていったものの、社会体制のラディカルな変革の試みをことさらに重視することはなかった。戦後の体制はやはり父からの解放ではあるうえ、幸福は偶然性にこそ宿るものである以上、何よりも制度の変革に期待することは、おそらく寺山にとっては背理だっただろう。現代の危機は、「政治的、経済的状態の内にではなく、人間の魂のうちにのみ見出される[19]」と寺山は言う。彼にとっては、幸福を確実性の境域の中に囲い込んで霧散させている現実原則に抗うことこそが重要であった。寺山のこのような反抗の論理は、偶然性と自発性をそれ自身としてあらしめるという、彼の幸福の構想と照応していた。それゆえに寺山は『幸福論』の最終章で、「幸福のイメージには解放（Erlösung）のイメージがかたく結びついている[20]」というベンヤミンの言葉を、賛意を込めて引用している。

　寺山が具体的に「現実原則に対抗するもの[21]」、それを打破する能力として挙げるのが、「想像力」である。想像力は、現実原則によっても抑えられない、自ずから反現実的な「虚構」を産出していく「自発性」なのである。寺山は、「心のもちよう」を変えて「不変の」現実に適応することを奨める古典的な幸福論者を批判する。寺山によれば想像力は、外部に閉ざされた箱のようなものではなく、初めからいわば外に出ているのであり、それゆえ現実に適応するのではなく、現実を自身に適応させることができる。つまり想像力は自身が産出した虚構の中に、与えられている自己存在や世界の「偶然性」を浮かび上がらせながら、これらを「組織」していくことができるのである。いわく「心と想像力とを混同してはならない。幸福はあくまでも想像力の産物であって、孤立した個人の内部の退行現象ではないのです。私は、幸福の科学というものを信じるまえに、地球の運行がきわめて偶然的なものだという定義を思いうかべます。（中略）そして、幸福は歴史のなかの偶然的な要求を、想像力によって組織してゆく力だといってもよろしい[22]」。寺山は、偶然をこのように「想像力によって組織しながら日常の現実原則を書き直して[23]」いくことを、現実の「思想化」とも表現している。幸福とは、「あくまでも思想的な営みを媒介として生成されてゆくもので

19――寺山修司、『あゝ、荒野』二〇〇九年、KADOKAWA、二〇〇頁。
20――寺山『幸福論』二六一頁。
21――寺山修司「言葉が眠る時に目覚める世界とは何か――石井輝男の残酷映画」『ぼくが戦争に行くとき――反時代的な即興論文』二〇二〇年、中央公論新社、一二三頁。
22――寺山修司「幸福」『寺山修司著作集第4巻』二〇〇九年、クインテッセンス、二八五頁。
23――寺山修司「またゼロに賭けるのかい、お婆さん」『朝日ジャーナル』一九七九年二月一六日号、一一八頁。

あって、待っていればいつか訪れてくるものではないのです」[24]

偶然性からの劇的空間の創出

寺山によれば、虚構による現実のこの組織化は、偶然的な自己存在を中心にしながら他人も巻き込む「劇的空間」の創造にまで高まっていくことができる。「あらかじめ準備された決定論との葛藤を生み出し、自己の存在を偶然的なるものと認識することで、事物との「出会い」をきびしく見つめる力」を演劇に認めて、これを強調しながら、寺山は言う――「劇場の内であると外であるとを問わず、私たちはいつでも「劇的なる」空間をつかさどることができる」[25]

現実の中でフィクションの登場人物（「劇中人物」）を演じることは、自己存在の偶然性に対する反逆であり、現実原則の枠内に留まる行為にすぎない。こうした視点から寺山は、例えば永山則夫の犯罪を読み解いた。寺山によれば永山は、ありのままの自分を否定し、「最もカッコイイ英雄は人殺しになることだ、と深夜映画やテレビに教えてもら」[26]って、現実内でそうした「虚構世界の英雄」になろうと、拳銃を盗んで四人の男性を射殺したのだった。それに対して劇的空間の地平を拓くことは、自己の偶然性を受け入れ活かすことであり、現実原則に抗しての自己表現である。なおかつそれは現実原則を相対化して、これが人間の相互隔絶、いわば相互「観客化」をもたらしていることを看取させるのであり、そしてこの洞察は「そのまま、疎外からの脱出口を見いだすこと」[27]につながる。想像力が偶然を虚構によって組織した劇的空間は、積極的な他者との出会いと繫がりの空間となる。劇的空間は、こうして集団的な活動へと発展しうるから、「政治的反抗」の場へも転換していくのである。そこから見れば「想像力を媒介としてない唯物史観は、何一つ変革することなど出来ない[28]」

寺山修司とハンナ・アレント

こうして見てくると、劇的空間の創出を伴う政治的な反逆という寺山のこの構想と、アメリカの政治哲学者ハンナ・アレント（一九〇六～一九七五）の思想との間には、意外な対応関係が成り立つように思われる。アレントもまた、「家政（オイコス）」の原理の浸潤のため、人間の活動はもっぱら生命の維持・拡充活動としての「労働」（つまり現実原則）に一元化されていると、寺山と似た視角から戦後の世界を批判的に捉え、そのうえで労働に抗う可能性を政治に見出している。アレントによれば、世界に生じうるただ一つの「奇蹟」が人間の出生（natality）であり、そうした完璧な偶然性として他者の前に現われ、そのことを通じて他者と繋がりながら新たな企てを創始することが政治なのであった（付言すれば、寺山のように劇的空間の必要を強調するわけではないものの、「事実に基づく真理の意図的な否定――嘘をつく能力――と、事実を変化させる能力――活動する能力――とは相互に連関している[29]」ため、アレントも政治に

24――寺山「幸福」二八五頁。
25――寺山修司「ある家出少年への手紙」『ぼくが戦争に行くとき』二七三頁。
26――寺山修司「長距離ランナーの挫折」『ぼくが戦争に行くとき』九六頁。
27――寺山修司「隣の席には死体が座っている」『朝日ジャーナル』一九八一年九月四日号、一一八頁。
28――寺山『幸福論』二六三頁。
29――Hannah Arendt, "Lying in Politics," in, *Crisis of the Republic*, New York, 1972, p.5.

は虚構が不可欠だと述べている）。

寺山にとっても、政治的反逆行為としての劇的空間の創造は、自己目的的な表現行為であると同時に、他人と新たに繋がる歴史物語のはじまりとして、他人に対して自身の姿を現わすという意味ももっていた。寺山によれば、現実では私たちは、「あまりにも多くのものに監視されているため、「いかにして自分をかくすか」ということを表現の特色としている」が、「虚構の中では、ただ単純に「いかにして自分をあらわすか」だけを考えればよいという自由さ」をもっている。「「かくす」努力よりも、「あらわす」努力に賭けてみたいと願うのは、私たちの、幸福になりたいという本能と深く結びついている。演技の思想とは、いわば「自分が何者であるか」を知るために、存在を本質概念に優先させようとする企みである」[30]。このように他人に対して現われて、他人と共に新たな企ての起点となるとき、偶然的な自己存在は、たとえどのような境遇に置かれていても、アレントが考える「唯一性」としての、寺山自身の言葉を使えば「複製不能な何か」[31]としての、意義を帯びていくだろう。

寺山修司と新左翼

寺山にとって、与えられた偶然性に立ち戻って想像力という自発性に自身を委ねることこそが、幸福に賭けることであり、そしてこのように幸福へと自己を開放することが、現実原則の支配する日本の現状への抗いとして、そのままで政治的反抗という意味をもちえた。幸福への賭けのこの政治的含意を前面に出していた反体制運動が、新左翼だった。

一九五五年以降日本の労働運動は、既存の体制を前提とする改良主義的方向に切り替えられたが、革新勢力のこの現状に不満をもった学生たちが、穏健化した左翼政党も戦後民主主義も体制の一部として否定しながら、六〇年代中頃から体制のラディカルな転覆を目指して直接行動に打って出た政治運動が、新左翼である。反体制運動としての新左翼は暴力行為も辞さない先鋭さで他の左翼から際立っていたが、政治的な異議申し立てに自己解放や自立への青年的な願望が不可分に絡み合っていたことも、その大きな特徴だった。寺山が新左翼に興味を抱いたのは、それがこのように幸福への希求の萌芽を秘めた運動だったからであろう。新左翼運動の転回は三つの局面を経たと言えるが、いわば「幸福の政治学」の構想を抱いていた寺山は、そのそれぞれにいかに反応し、評価したのか、また反対にいかに影響を受けていくのかを、次に見ていきたい。

30——寺山『幸福論』七九—八〇頁。
31——寺山修司「危機なき世代——「スーパーマン」と「ダメおやじ」の間で」『世界』一九七九年八月号、岩波書店、一〇四頁。

第4節

寺山修司と新左翼運動の諸局面

三派全学連

新左翼は、六〇年代半ばより日本でも広まったベトナム戦争反対運動のうねりにのって興隆したが、急進的な反ベトナム闘争を展開して最初に新左翼運動の中心に躍り出たのが、一九六六年末に結成された「三派全学連」（中核派など、大学の学生自治会の全国組織を名乗った新左翼三党派の連合体）だった。この三派と行動を共にした青年労働者の組織が「反戦青年委員会」であり、それを扱ったルポルタージュが、新左翼を主題にした寺山修司の最初のテクストとなった。

寺山にとっては、社会党や総評（労働組合）主導の「抵抗」活動は、「マイホーム」のための「金よこせ」運動にすぎず、現実原則をむしろ補強していくものだった。それに対して反戦青年委員会は、もともと社会党と総評の庇護の下で誕生しながら、一九六八年の羽田闘争以降は両者のコントロールを脱して自発的な活動を始め、いわば「勘当息子[32]」となって「ゲバルト戦術」も用い始めていた。委員会の若者たちは、社会党という「父」から締めつけられながらも、暴力行為によって日本の現実の中に虚構のベトナムを出来させて、日常を揺さぶりながら日本とベトナムとを包括する一つの劇的空間を創出していた。寺山は、彼らの活動をそのように見ながら、こう言う――「反戦青年委員会は、いわば相対的平和に突きつけられた疑問符のようなものである[33]」。だが他方で寺山は、青年たちが自身の生活は顧みずに闘争の「必要」に従属し、自分を自発性から疎外していることに不満だった。青年は、偶然的に与えられた自己存在を虚構の中で活性化して、幸福へと開かれねばならない。「労働そのものを通じて、生甲斐の思想化を急げと言いたいのである[34]」

全共闘

三派に代わって新左翼の主流となったのが、一九六八年後半から一九六九年にかけて爆発した全共闘（全学共闘会議）による大学紛争であり、安田講堂を占拠して機動隊に排除された東大全共闘を始めとして、最盛期には全国の七割の大学が紛争状態に陥った。全学連とは違って全共闘は党派に属さない学生たちの自然発生的な戦闘組織であり、また各大学によって学生たちの決起のきっかけは異なっていたから、反体制活動として見た場合、全共闘が全体として何を目指していたのか当時から訝しがられていた。

寺山にとっては、全共闘が体制変革の試みなどではなく、解放を求めての青年たちの自

32――『サンデー毎日』の記事より。「若者たちは組織される――保守も革新も」『サンデー毎日』一九六九年七月二〇日号、毎日新聞社、一九頁。
33――寺山修司「反戦青年委員会 〝日常性〟に疑問を投げる三派の助っ人」『週刊朝日』一九六九年一月二四日号、朝日新聞社、四九頁。
34――同上、五二頁。

発的な反抗であることは明らかであった。東大全共闘を取材した寺山は、東大の教授たちの封建的体質を指弾しながら、学生たちの反逆の中に「「劇的なるもの」への企投欲」、「生甲斐への飢餓」を見て取り、「あの劇的（だと彼らが信じていたところの）安田砦の攻防は、彼らなりの「幸福論」の確認[35]」だった、と記した。だがこの文章も示唆しているように、寺山は東大全共闘を本物の劇とは、つまり真に幸福への賭けであるとは評価しなかった。闘いに参加した学生たちも、「東大生」として将来の日本の指導者になるという意識は保ち続けており、そのため彼らの闘争は「エロス的なビジョンを欠いた」、一般市民にとっては見世物にすぎない東大内の紛争に留まった。東大生たちは、「ありとあらゆる階層のなかに溶け込んで」、「自分自身を生かすことのできる幸福な市民」になろうとはしておらず、「ただイヌのように使命を持たされる人間[36]」を作るだけの、現実原則に組み入れられた今の東大も疑っていない。そうであるなら、東大内部で父に反逆しても大した意味はない、と寺山は断じた。寺山が求めたのは、広く社会をも巻き込むことで街頭に「活劇」的な場を創出し、その中で「学生自身が自分の欲求で国家的使命を越え」て、偶然的な自分自身を生かせるようになる闘争であった。そして寺山にとって、そうした闘争はそれ自体が大学なのだった。

大学紛争は高校にも波及して、一九六九年には全国の高校で卒業式闘争が起き、生徒たちは校長から授与された瞬間に卒業証書を破って、抗議の答辞を読み上げるなどした。寺山はこの「造反卒業式」を、卒業式形態の民主的改革への一歩前進などとは当然考えず、生徒たちが自分の現実を用いて創作した、「それ自体が目的」である「ドキュメンタリー・ドラマ」、「「無駄にされていた学校生活内の自分」を、本来の自分に回収するための劇的行為[37]」と捉えて、強い感銘を受けた。高校生にとって「卒業」とは、「管理」つまり父の支配から脱して偶然的な自己存在を取り戻すことであらねばならず、そのためには想像力を動員して現実に抗っていかねばならない。造反した生徒たちは、現実の卒業式を迎える前に、「じぶんの空想の中に、幻の卒業式を組み立て」、教師たちの反応を想いうかべるなどして、さぞ「エロス的現実」に耽っていたことだろう。「じぶんを無駄にするかどうか」を決定するのは、「こうした空想の現実と、そのドラマツルギーの持ちよう」である。そして想像力を駆使した自発的な反逆であるこの造反劇は、逆説的に学校教育の「大きな教育成果」を示しているから、その限り感謝と旅立ちの儀式である卒業式にふさわしいのだった。

赤軍派

大衆的政治運動としての新左翼は一九七〇年を境に下火となったが、それに先立つ一九六九年半ばには、少数の前衛による暴力革命を志向した赤軍派が誕生していた。赤軍派から派生した連合赤軍と日本赤軍は、それぞれ、指導者による同士一四名の殺害と、イスラエルの空港での二四名の射殺といった事件を一九七一年から一九七二年にかけて引き起こした。これらの衝撃的な事件のために新左翼は世間の支持を急速に失って、臨時工（非正規労働者）の問題に取り組むなど労働運動としての性格を濃くしつつ、一九七五〜七六年の反

35――寺山『幸福論』二一五頁。
36――寺山修司「〈寺山修司ルポ〉東大なんて何だ！」『サンデー毎日』毎日新聞出版、一九六九年二月二日号、二四頁。
37――寺山修司「エロス的な反逆」『エコノミスト』一九六九年四月二〇日、五九頁。

天皇制運動を最後の盛り上がりとして沈滞化していった。

連合赤軍、日本赤軍、臨時工、反天皇制のいずれに関しても寺山は論評を残したが[38]、注目すべきことに七〇年代に入ると、寺山は次第に新左翼との一体性を強めていった。臨時工に関しても天皇制に関しても、寺山の言説は新左翼の政策方針に対するいわば提言となっており、新左翼陣営へのこのアンガジェマンは、高取英も指摘しているように、寺山の赤軍派の事件に対する深い共鳴を媒介にしていたのだった。

寺山が魅了されたのは、おそらく、赤軍派が日本の現実を根底的に否定する虚構を創出し、その中に自分たちの存在のすべてを投入して劇を演じきったから、その意味で徹底的に自発的であり、また現実原則との闘いでこのうえなくヒロイックであったからだろう。寺山にとって日本赤軍は、「目に見えず、名前もない」軍隊から誘われ、それを「自らの実存をたしかめることのできる無二の機会[39]」と捉えて、日本とパレスチナとを接続し、かつ日本における呪術的な家原理の残存を炙り出しながら、虐殺劇を演じたのであり、連合赤軍は、未だ成立していない「幻想の国家」から派遣された兵士として、「現行の日本」との戦争に踏み切り、その過程で革命前夜のロシアの革命家を憑依して、粛清劇を演じたのだった。革命は歴史的必然性の産物ではなく、「何者かが歴史上の偶然性を組織することによって実現される」のであり、そして「ドラマツルギーは出会いの偶然性を想像力によって組織する[40]」、と確認したうえで、連合赤軍は「まぎれもなく劇的な事件」、むしろ「「劇」そのもの」であった、と寺山は評価した。本物の劇として本物の革命であったので、寺山は赤軍派に対する客観的情勢という観点からの批判や、道徳的な断罪を許さず、むしろ彼らの創造した幻想をペンの力で「呼び寄せ」て、彼らの革命を「二度目にあらわれ」させていかねばならないと書きつけたのだった。

だがこうした兵士や革命家は、現実を敵としている以上、仲間内での閉ざされた連帯以外の他人との繋がりはもちえないだろう。だから虚構と現実のはざまでそれらを演じる人間たちには、偶然的な出会い（アバンチュール）は訪れず、寺山の幸福観から考えた場合彼らは幸福には開かれてはいない。むしろ、「客観的には」無謀かつ残忍な闘いを引き受けた彼らに待ち受けているのは、確実な死であり、その限り彼らは不幸を宿命づけられていた（寺山の日本赤軍論は連作「不幸論」の第二回だった）。寺山によれば赤軍派は、生甲斐ではなく「死に甲斐を見つけたときから、見えない軍隊に属し」[41]たのだった。ただし、死は必ずしも不幸であると言い切ることもできない。フロイトが指摘したように、死は絶対的な安らぎとして快楽を約束してもいる。赤軍派は、現実原則にエロス的現実ではなく、タナトス的現実を対峙させたとも言える。しかしそうであるなら、死と暴力のエロティシズムに浸潤された赤軍派の革命劇に共感し、彼らの事業を別の次元においてではあれ引き継いでいくことを宣言したとき、寺山は幸福を、死という新たな絶対的確実性に結びつけたことになる。かつて幸福のありかを偶然性に見定め、幸福のための戦いを新左翼に認めた寺山は、新左翼への傾斜を深めた結果、幸福を再び絶対の境域に囲い込んで、それまでの自身の政治

38——寺山の臨時工論と天皇制論については、拙論を参照のこと。荻野雄「寺山修司と新左翼」『京都教育大学紀要』一四〇号、二〇二二年、八三—一〇一頁。
39——寺山修司「不幸論② 赤軍兵士岡本公三の「皆殺しの歌」」『現代』一九七二年八月号、講談社、三〇九頁。
40——寺山修司「わが連合赤軍論 14人の死ははたして悪夢だったか」『現代』一九七二年五月号、二四二頁。
41——寺山「不幸論②」三〇二頁。

学の構想に背を向けたと思われるのである。

寺山修司と幸福の政治学

寺山は、七〇年代末頃には若者の間に内省化の傾向を認め、それを非政治的姿勢の広まりと考えて失望を隠さなかった。青年たちの潜在的願望を描き出すための素材として寺山がしばしば用いたのは、一九七八年の映画《スーパーマン》だった。寺山によればこの作品の流行は、青年たちが集団的政治に幻滅し、一人の英雄的な「代理人」による解決を求め始めていることの兆候であり、そしてこの代理人がコミックの主人公であることも寺山にとって重要だった。なぜなら、英雄つまりは父が虚構の存在であるとき、青年たちはそれとの闘いを免れて、安んじて観客のままでいることができるからである。それに対して「七〇年代の若者たち」は、やはり父の地位を簒奪しようとはしなかったが、それは家の内部の親子の劇よりも、「もっと登場人物の多い劇と取り組んだ方がいい」と考えたからだった、と寺山は言う。今やそのような理想は色褪せつつある。「出会いの偶然性は、想像力によって組織される、と書いても、そんなことは夢だよ、と若者たちは笑うだろう」[42]

だが、青年たちが新左翼に魅力を感じなくなったことは、そのままで青年たちの非政治化を意味したわけではない。にもかかわらず寺山は、「個人の内面などは、資本主義社会を維持するための幻想にすぎないことを知らないのか」と、青年たちを叱りつけた。理解できない子どもに自分の似姿を強いる父親と、自分の欲するものを求める青年たちとの昔ながらの親子の葛藤劇を、寺山自身が再演したのだった。

新左翼に接近する前の、出会いの幸運を幸福と捉え、幸福に開かれるために偶然的な自分を想像力によって活性化することを説いていた寺山なら、青年たちの自発性に淵源する欲求を否定することはなかったかもしれない。寺山の政治観の今日性を語る場合、最大の手掛かりはその耽美的な革命観にではなく、現実原則的な日常への埋没状態から、虚構の力によって他人に対して現われるという幸福の政治学の構想にこそあるのではないだろうか。その頃の寺山は、他人の自発性を外部から活性化させるという困難な課題を引き受けていた。例えば、おそらくは家出を考えているすべての青年に宛てて書かれた寺山の次の言葉は、彼や彼女の内に、計算や力によっては手繰り寄せられず、ただ想像力だけが迎えることのできる幸福への憧れを、確かに喚起しえたに違いない。

「線路に父の位牌をたたきつけ、蝉しぐれの田園にたった一人の母を「見殺しにしてきた」家出少年のRよ。ただ、母を捨てるだけのことならば、それはだれにも出来るのだ。その捨てた母と自分との劇を「劇的なる」空間のなかでとらえ直し、母殺しを思想化し得た時に、初めて君は醒めて歌う列に加わることが出来るだろう。数の増大のなかで酔って歌うのは、だれにでもできる。だが、屹立し、醒めて歌うことが君にも出来るか?仏壇のある暗い「家」、せむしの母、遺伝の歴史学といったものから、自分を切り離してしまうことで解放されたと思うのではなく、それらのいまいましい思い出を、七十円の定期入れの中に片時離さず携行しながら、しかし心は時速百キロで、それを超えてゆこうとするむなし

42――寺山「危機なき世代」一〇六頁。

いあがきのなかに、君の「家出」の真実が見いだされるべきなのだ」[43]

43――寺山「ある家出少年への手紙」二七四頁。なお、このエッセイが収められている『ぼくが戦争に行くとき』の初版は、一九六九年八月に刊行された。

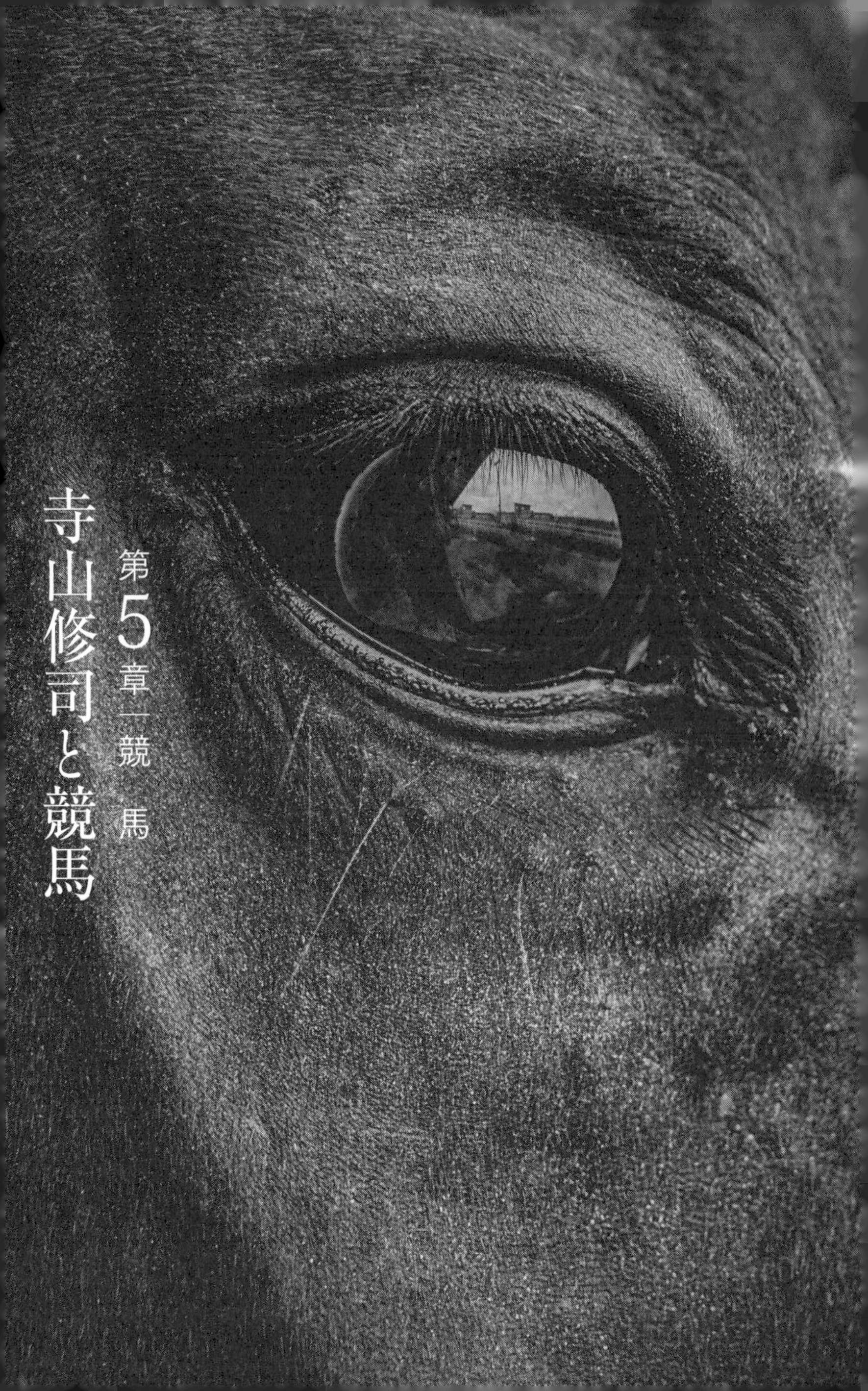

第5章　競馬

寺山修司と競馬

檜垣立哉

Tatsuya Higaki

専修大学教授・大阪大学名誉教授
一九六四年、埼玉県生まれ。
東京大学人文科学研究科博士課程
中退。博士(文学)。
フランスの現代思想を
縦横無尽に駆使し
生命論に挑む哲学者。
著書に、『生命と身体』
(勁草書房、二〇二三年)、
『日本近代思想論』
(青土社、二〇二二年)など。

第1節 寺山修司における競馬

寺山の競馬エクリチュール群

私は寺山修司には、いつでも「遅れて」たどりついている。文庫版の『書を捨てよ、町へ出よう』（一九七五年、角川文庫）は、確かに高校時代に読んだ気がする。だがそれは、文学青年の一種の通過儀礼でしかなかった。「天井桟敷」の活動の最盛期には、私はまだ子供であった。いろいろなエピソードを耳にはするものの、それは「かつて」、という仕方で語られるものでしかなかった。ここで話題としたい競馬にかんしても、同様である。

寺山は一九八三年、贔屓にしていた吉永正人が騎乗したミスターシービーの三冠の年の五月に、二冠目の東京優駿《ゆうしゅん》（日本ダービー）での優勝を目にすることなく四七歳で亡くなっている。そして実際に私が寺山の競馬にかんする文章に深く接したのは、寺山の死後、一九八八年になって、ＪＩＣＣ出版から「宝島コレクション――競馬場で逢おう」という報知新聞連載のコラムを集めたシリーズが刊行されてからなのである。

このシリーズは、『競馬場で逢おう』、『風の吹くまま』、『競馬三文オペラ』、『住所馬券必勝法』、『ネヴァーセイダイ』、『日曜日の酒場で』など、寺山の文言を題名に借り（ネヴァーセイダイは当時の有名な種牡馬であるが、くたばるな！という語感が競馬的にはよくあっている）、計六冊出版されている。このコラムの最初の年は一九七〇年であり、まさにハイセイコーや、トウショウボーイ、テンポイント、グリーングラスの三強を主役とする、戦後「昭和」競馬の、高度経済成長とあいまった興隆期に書かれている。さらにこの書籍には当時の馬柱とレース結果が付されており、きわめて啓発的な歴史書でもあった。一九九〇年前後には、新書館からも「寺山修司競馬エッセイ／シリーズ全7巻」として『馬敗れて草原あり』、『競馬への望郷』等が再刊されてもいる。

一九九〇年前後にこうした動きがあったのは、当時の狂騒的ともいえるオグリキャップ人気により、競馬がそれまでの賭博とは異なったレジャーとして、世間に認知されはじめたからだろう。年末の総決算的グランプリ、有馬記念の一レース最高売り上げ高は一九九六年（勝ち馬サクラローレル）の八七五億円であり、現在の競馬一レースの売り上げ世界記録である（現在は四〇〇億円台。有馬記念の売り上げは、冬のボーナスと連動するため、日本経済の指標にもなっている）。私も御多分に漏れず、オグリキャップから競馬にはまった口である。しかし、少しやってみるとわかるのだが、競馬をすることとは歴史の積みかさねの解読以外の何ものでもない。歴史をたどらないと競馬の予想も、いや、本当のことをいえば競馬を「みる」ことも充分にできはしない。当時はかろうじてＶＨＳのビデオによる過去の映像の記録がフジテレビ系列の会社より発売されていた。いまでは相当高品質な過去の各レースの動画がYouTubeに転がっており、夢のようである。そうした日本競馬の「絶頂期」以前にかかれた彼の文章は、それでも競馬の歴史をひもとく貴重な資料であった。寺山が亡くなったのちの一九九〇年代に、寺山の競馬本が大量に再刊されたことには、こうした背景がある。

本章の最後に記すことでもあるが、競馬にかんする寺山の言葉は、現在でもさまざまな場所で「殺し文句」のようにもちいられている。歌人であった寺山らしく、「競馬は人生の比喩ではない。人生が競馬の比喩なのである」(原文とは少し異なる)[1]に代表される、人口に膾炙するこうした言葉は、一気に競馬場の空間や「賭博」の雰囲気を人びとの前にさらけだす。寺山の言葉は、競馬の世界においていまもって現役である。

独自のエクリチュール性

しかし、『競馬場で逢おう』などのコラムにおける寺山の文章は実に奇怪でもある。それは普通の意味での予想ではない(明らかに、勝ち馬を真面目に予想するものではない)。お気にいりの馬や騎手への固有の想いいれは深く、話題はボクシングや当時の世情に拡散し、それをヒントに語呂あわせ的に予想がなされたりもする。とはいえ、それはたんなるエッセイでもない。寿司屋(というより場末の飲み屋に近い)の政、トルコ(現在でいうソープランド)の桃ちゃん、バーテンの万田、こうした常連の登場人物とともに、翌日の競馬談義が繰り広げられる記述は、一種のファンタジーに近い。もちろん読者は寺山の「予想」を、幾分かは

1――おおもとは「競馬場で逢おう」『馬敗れて草原あり』一九八九年、新書館、二八二頁の下記の文章である。「私は思った。/「六さんは、競馬を人生の比喩だと思っていたが、それは間違いなのだ。人生を、競馬の比喩だと思わねばならないのだ」と」。

気にかけたことだろう。ときおりとんでもない穴馬を当てることもある。だが、このエクリチュールがいかなるジャンルに区分されるのかは、定式化不可能である。『馬敗れて草原あり』や『競馬への望郷』等のシリーズには、確かにエッセイといえるもの、自らの牧場訪問記、海外競馬の展望や感想等が含まれ、そのなかに突然詩がもちこまれもする。いかにも寺山的な雑多さに充ちている。

だが、大半は時代背景の色濃い仲間うちの会話やジャーナリスティックともおもえる雑文でありながら、どこか「賭博」の普遍性を感じさせるという、この両極端のエクリチュールを書き切る点に、寺山の競馬への姿勢そのものがみてとれる。雑多なエクリチュールが、寺山自身の生き方とも、そして彼がたまたま出会い、のめりこんでいった「競馬」とも奇妙に適合しているのである。

場末の寿司屋の片隅での、人生の愚痴とも、おふざけとも、心情の吐露とも、馬や騎手や調教師への想いいれとも、何とでも解釈できる空想上の会話は、「競馬」という、「金」=「人生」を「賭け」るという意味でも、「人生」が「遊び」であり、同時に「遊び」が人生であるという寺山の思想をよく示している。無論、寺山と競馬とのかかわりは多面的でもある。彼は競馬にかんするひとりの物書きでありつつ、日本中央競馬会（現JRA＝Japan Racing Association）のコマーシャルに自ら出演し、あるいは競馬会が出資しているテレビ番組のコメンテータをおこなってもいる。自分で馬主にもなり、地方競馬へも、北海道の馬産地にも足を運ぶ。三沢の寺山修司記念館に保存されている競馬にかんする書籍の量や、そこでのビデオブースのひとつが競馬関係に当てられていることをみれば、寺山における競馬の意義は小さくないはずだ。だが、寺山の競馬の文章は、その特殊性によって寺山研究から「排除」されている現状もある。それはどうしてなのか。

寺山の競馬論の排除

繰り返すが、寺山の競馬にかんする文章は膨大である。上記のJICC出版や、新書館からのシリーズをのぞいても、『馬敗れて草原あり』は角川文庫から、虫明亜呂無《むしあけあろむ》との対談『対談　競馬論――この絶妙な勝負の美学』はちくま文庫から出版されている。そのほかの雑誌などで繰り返し再録される寺山の競馬にかんする文章は、夥しい数になるはずである。

とはいうものの、「寺山研究」という視点からみれば、短歌や演劇、文芸論などについては多くが書かれているのとは対照的に、寺山にとって競馬とは何であったのかを正面からあつかうものは少ない。率直にいって、寺山研究において、競馬関係文書は排除されているのかとおもわせもする。

寺山には明確な『全集』が存在しないが、現存の入手可能な『寺山修司著作集』(クインテッセンス出版株式会社、山口昌男・白石征編)においては、第一巻の「詩・短歌・俳句・童話」に「競馬詩集」が所収され、有名な「さらばハイセイコー」などが収録されており、また第四巻の「自叙伝・青春論・幸福論」に「競馬への望郷――旅路の果て」が含まれてはいる。しかし、競馬関係の文書で所収されているのは、おそらくそれらのみであり、寺山の「競馬エクリチュール群」としてまとめられるべきものはほぼカットされている。二〇世紀後半の著名な「トリックスター」的存在である人類学者・山口昌男が編者であることを考えれば、「遊び」としての「競馬」がより重視されても不思議はないのに、である。近年の代表的な研究書をみても、守安敏久著『寺山修司論――バロックの大世界劇場』(二〇一七年、国書刊行会)はドラマ・映画・演劇がテーマであり、堀江秀史著『寺山修司の一九六〇年代――不可分の精神』(二〇二一年、白水社)は、詳細な寺山研究として重視されるべきものとおもうが、両者ともに競馬を主題とする記述はほとんどない。これらの著作は、テレビ、ラジオ、演劇、映画というメディアを飛び回る「怪人」としての寺山をあつかっているのだから、彼の活躍舞台として「競馬場」あるいは「政の寿司屋」を加えても、また日本中央競馬会のコマーシャルや競馬実況番組に解説者として出演する寺山の姿を記述しても構わないとおもわれるが、残念ながらその気配はない。

競馬研究のなかでの寺山――山野浩一と大川慶次郎

逆に競馬の側としてはどうだろうか。これもまた非常に不思議な位置にある。

確かに寺山の競馬にかんする言説は現代におおきな影響力をもっている。だが寺山がなしたことはあくまで寺山の個人芸である。一九八〇年代後半に競馬をはじめたものとしてよくわかるが、この当時は、漫画や映画(とりわけ宮本輝原作である『優駿』の一九八八年の映画化)という「多メディア化」や「娯楽」としての競馬の魅力をアピールすることが、寺山の競馬関係書が多数再刊されるのとほぼ同時的に進んでいた。それらは寺山文献を再刊させた原動力ではあるのだが、寺山の資質とは異なった流れを形成していた。そこでは、場末の賭博というよりは、「スポーツとしての競馬」の正当な評価や、それにともなう「感動」を求める者が多かったのである。

とりわけ寺山とも親交のあったSF作家、山野浩一らが海外の事情を参考にしつつ独自にはじめた「競走馬フリーハンデ」(中央競馬に一レースでも出走した競走馬すべて――地方、海外を含む――に、その能力数値を、レースの結果と着差という「客観性」だけを基準とし、芝・ダートおよび距離の区分に応じて割り振る一覧表の作成)は、「賭博」としての競馬を「正当なスポーツ競技」に高めていく役割をになっていた。山野は多くの競馬文化人とともに、競馬の多面的な魅力を語りもするのだが、『週刊競馬ブック』での合同フリーハンデや、JRAへのときには相当に厳しい批判的言説を展開しており、それらは、いかに「博打」でも、「遊び」でもない、「客観性」と「透明性」をもったスポーツ競技として競馬を認めさせるかに軸をおいていた。JRAに徹底して辛辣であったとはいえ、地方競馬と中央競馬、日本競馬と海外競馬とのあいだに厳然と存在していた「壁」――レースにおいても、競走馬においても、騎手においても、厩舎においても、馬主においても――を、一九九〇年代以降のJRAが自ら壊し、強烈にグローバル化を推進していったこと(競馬社会の徹底的なネオリベラル化、脱封建主義化でもある)は、山野の言説にある意味で即応している。競馬は国際的なスポーツになっていき、「箱庭競馬」、「種牡馬の墓場」といわれた寺山の時代のそれとはおおきく姿をかえていく。

またこの時代には、フジテレビの競馬実況中継の重鎮であった大川慶次郎もいる。彼はここでとりあげるほかの人物とは違い、物書きが本業というわけではない。しかしながら、青森の競馬主の次男で、一日全レースパーフェクト的中などの伝説を振りまく「競馬の神様」であった彼の予想や、ときには情動が吐露されるテレビでの独特な言葉は、スポーツ新聞や競馬新聞に文章を書く多くのトラックマンに影響を与えた（私は彼の晩年しか知らないのだが、オグリキャップの一九八九年、天皇賞・秋の前哨戦毎日王冠におけるイナリワンとの接戦に対する「一瞬言葉がでないくらいねえ、胸が締めつけられるような凄い競馬でしたね」という台詞や、一九九〇年の有馬記念、オグリキャップの引退レースでの——実況に合わせて大川の本命であったメジロライアンを連呼する声が放送にかぶっているのはご愛敬であるが——「私なんて、いの一番に（オグリキャップに）謝らなきゃいけませんね」という発言など）。競馬にかんする情動の吐露という点で彼は寺山と類似するし、一種カリスマ性においてかさなる部分もある。しかし彼はあくまでも、「予想における完璧主義者」であり、徹底的な「相馬眼」、「当てる」ことへの執着が全面にでる（それがゆえに、当たらなかったとき、予想外なことがおきたときの大川の「情動」の吐露は、別の意味で強いものであった）。

大橋巨泉など

本当はもうひとり論じなければならない人物として、大橋巨泉をあげるべきであろう。寺山と同じ時期に早稲田大学で俳句会に関係し、寺山よりはるかにラジオ・テレビメディア寄りに競馬評論をなし、多面的な活躍をしたこの人物について、私は直接的には競馬人としての側面は知らない（とはいえ一九九〇年代にも競馬本をだしているのだが）。私にとっては「クイズダービー」（傍点筆者）の司会者であった彼には、資質の違いはあれど——短い期間であったとはいえ大橋巨泉は民主党の国会議員であったが、寺山は間違ってもそんなことはしないであろうし、大橋のようなセミリタイアによる海外移住なども考えられないだろう──メディアと創作の世界を行き来するという点において、寺山とかさなるところがある。だが、寺山の競馬にかんする書物が残存するのと同程度に大橋巨泉の競馬エクリチュールが残るとはおもえない。それは、大橋巨泉の方が（良し悪しではなく）ジャーナリスティックに時代に寄り添う程度が強いからだとおもわれる。[2] それに対し、寺山のエクリチュールは、時代背景をもちながらも、どこか「賭ける」ということの普遍性につながっている。

逆にこうもいえる。寺山の競馬エクリチュールは、戯曲や短歌・俳句などのジャンルに区分されはしないが、さりとて詩もエッセイも含むそれは何なのかについては、寺山研究にとっても自明ではなく、さらに同時代人であった多くの「競馬」著名人が残したものとの対比でいえば、山野の客観的なスポーツとしての競馬を追求する言説とも、大川の完璧主義的な予想の「理念」とも、また大橋の時代の寵児として積極的に消費される振る舞いのいずれとも異なっており、やはり独特のポジションを形成していたのであるのだと。

こうした同時代人の言葉との対比をさらに展開することは可能である。関西テレビの名物アナウンサーであり、競馬実況のひとつの「型」をつくった杉本清の、独自の情感にあふれた実況中継や、かつて関西地域において大レースの後に流れた志摩直人の詩などは、まさにそのロマン的な詩情において、寺山とかさなりもする。もちろん寺山的な言葉が、こうした文化人たちに影響を与えただろうし、逆に寺山も彼らからおおきな影響をうけているはずである。だが、それでも私には、寺山が競馬について語るエクリチュールは、こう

2──大橋巨泉については、この書籍のための研究会において、平芳幸浩から、類似性・対比性にかんする指摘をうけた。感謝します。

した数多くの事例とは、一線を画したもののようにみえる。どうしてなのだろうか。

第2節 寺山のエクリチュール 生とともにある競馬

報知新聞コラムについて

寺山の競馬エクリチュールが雑多なものであることはすでにのべた。しかし私は寺山にとって、報知新聞コラムはさまざまな意味で実験の場所であるようにみえる。寺山は多くの対談、競馬関係のエッセイ、雑誌原稿を著しているが、ある種寺山らしい一貫性を示すのは、報知新聞コラムであり、ほかのエッセイにも、この形式がもちこまれているか、あるいは区分できないかたちでおりかさなっている。[3]

週末の寿司屋に常連客がくる。ニックネームでしか呼ばれない、現れては消えていく大衆たちとのあいだで交わされる競馬談義。競馬をやる者として非常によく理解できるのだ

3——こうした「飲み屋談義」としての競馬エクリチュールの伝統は、現在でもタブロイド夕刊紙『日刊ゲンダイ』における塩崎利雄による「止まり木ブルーズ」にうけつがれている。

が、一週間の流れ、一カ月の流れ、そして季節の移ろいが、世情や流行とともに競馬にかさねあわせられる。

寺山は、そこでは一人称的な登場人物である。実際には相当な競馬の（海外にもおよぶ）知識があるにもかかわらず、寺山はそれらをひけらかしたりはしない。もちろん馬券の予想が会話の軸をなしている。しかしその予想は、馬や騎手や血統にたいする自身の深い想いいれ、競馬にとってある意味で本質的な数字あてゲームやダジャレ（『住所馬券必勝法』の住所馬券や誕生日馬券は定番である）、ほんの小さな気まぐれ、これらがほとんどである。

もちろん大レースには力がはいる。世の中が全部ハイセイコー一色になった一九七三年クラシックにおいて寺山は、本当は地方競馬（南関東・大井競馬）出身のハイセイコーに強い想いいれをもち、その引退にあたっては先にも記した「さらばハイセイコー」という有名な詩[4]を書きながらも、けっしてハイセイコーを本命にはしない。たとえば一九七三年三月二五日、皐月賞の前哨戦であったスプリングステークスの予想はこう記されている。

> ハイセイコーが強いことはわかっている。しかし、英雄が出てきたときには、それを倒す馬に賭けてみるのが男というものではなかろうか。シンザン〔一九六四年の三冠馬　筆者注記〕の全盛時代にも私はハクズイコウ、アスカ、ブルタカチホ、ミハルカスと、いつも対抗馬を指名し、勝負して敗れた。私が現在、金持ちでないのは、シンザンのせいだ、といってもいいくらいである。
>
> そんなわけで、これから二、三年、私はハイセイコーのために身上をあやうくする

かもしれない。しかし、それでも私は、ハイセイコーを負かす馬を買いつづけてみたい。[5]

そして同年の東京優駿（日本ダービー）の予想はこうである。

確かに、中央の名門、名血の高馬を、公営上がりのハイセイコーが連破していくのは、貧しい生まれのファンにとって夢である。

だが、同時に、なんとしてもハイセイコーを負かし［て］やりたいという気にもなる。それは、ハイセイコーがもはや、ただの馬でなく、「できあがった権威」になってしまっているからである。[6]

だが、そう意気ごむ寺山がもちだすのは「語呂合わせ馬券」なのである。いわく、最近のダービーでは人気馬とおなじアイウエオ配列の行の馬がきている。「そうすると、今年は、ハイセイコーならばホワイトフォンテンかホウシュウエイト、カネイコマが勝つならば、カミノテシオかクリオンワード……」[7]。これがまともな競馬予想であるとは到底いえない。

4——その一部を引用しておく。「ふりむくな／ふりぬくな／うしろには夢がない／ハイセイコーがいなくなっても／すべてのレースが終わるわけじゃない／人生という名の競馬場には／次のレースをまちかまえている百万頭の／名もないハイセイコーの群れが／朝焼けの中で／追い切りをしている地響きが聞こえてくる」『寺山修司著作集』第一巻、三九八—三九九頁。

5——寺山修司『競馬場で逢おう』一九八八年、JICC出版、三〇八頁。

6——同上、三四四頁。

7——同上、三四五頁。

寺山は、正当な競馬「予想」などなしはしない。当たってあぶく銭がはいるのはよいことだろうが、儲けて喜ぶわけでもない。寺山の言葉は、ただただ、お気にいりの馬、血統、騎手について、飲み屋でだべる以上でも以下でもない。実際、寺山の予想とその結果を見比べてみれば、もちろん穴をあけることもあるが、おおよそは外れている。それでも読者は、「寺山の予想」を楽しみにしていた時代があるのである。

目線としての大衆

むろん、競馬新聞のような「正当な」言葉を交ぜないわけでもない。たとえば、一九七二年七月一五日の「相模特別」の予想では、寿司屋の政の言葉を借りて、ヒデノオーが単騎で追い切り(競馬の週の水曜か木曜日に行う最終調整のこと)[8]をかけたことがとりあげられ、上がり四一秒〇、四一秒三をだしていることに着目している。しかしながらはなしはすぐに脇に逸れる。ヒデノオーは、普段はアカネテンリュウのあわせ馬の相手であり、「ボクシングでいえば、タイトル・マッチ前のチャンピオンのスパーリングパートナー(ていのいいなぐられ役。チャンピオンに自信をつけさせるために、なぐられて、倒れてみせる道化役)」であるといい——アカネテンリュウは菊花賞馬、有馬記念二着二回の名馬である——何とか勝たせてやりたいと、大穴を託す。[9]結果、競走中止の馬を除けばビリであった。こうしたボクシングと競馬とのかさねあわせは、その直前の同年七月一日のジュライステークスの予想にもみられる。そこでは、「左利きのジョー」を登場させ、左利きゆえにいじめられていたのだが、左利きのボクサーの活躍を目の当たりにして、マルクス主義の本を読みだし(左である)、彼に左回りが得意なトレンタムを予想させてもいる[10]（中央競馬の主要四場でいえば、東京競馬場だけが左周り。中山、京都、阪神は右回りである）。ボクシングとマルクス主義と左回り。真面目な予想とはどうみてもいえない。

しかし、こうした雑然とした予想において、そこでの登場人物である「大衆」と「同じ目線」にいる寺山の存在がきわだってくる。そして「競馬の書き物」が、「大衆そのものの目線」にあるべきであり、ある種の競馬評論から一線を画すという原則は、寺山の書いた物に染みついているともおもえる。寺山は、当然のことながら相当のインテリである（そもそも早稲田大学中退の歌人である）。しかし寺山が「競馬」にみるものは、正当性、確かさ、知識を混入させない「大衆の遊び」であり「大衆の想いいれ」である。

話は逸れるが、現在においても、井《い》崎《さき》脩《しゅう》五郎《ごろう》のある種の予想には、競馬予想におけるこうした大衆性の「継承」をみることができる。それは競馬が偶然性の遊びのうえに成りたつ賭けであるというある真実を露呈している。寺山の『競馬場で逢おう』の「解説」は井崎が執筆しており、有名とはいえない一九七〇年前後の競走馬ブンゾンハナに賭けつづける男をめぐり、「時には母のない子のように」（作詞・寺山修司の歌謡曲）をバックにした酒場での会話からなる（創作なのか実話なのかもわからない）この文章は、井崎の仕事として私は「最良」の部類にはいるとおもう。この話のオチは、みなさんが「探して」ほしい。寺山的な「大衆」の視線やトリッキーさは、破天荒な予想屋でもある（しかしいまなおフジテレビの

8――同上、二三七頁。
9――同上、二三八頁。
10――同上、二二八―二二九頁。

競馬予想に出演している）井崎を通じて、確実に現在の競馬エクリチュールにひきつがれている。

名前と血統への執着

とはいえ、寺山の予想に固有の「傾向」がみてとれないわけではない。特に注目すべきは、競走馬の名と血統へのこだわりである。競走馬の名は、普通の意味で、競走馬個体の能力とは何ら関係がない（もちろん血統を指示することが多々あることも事実であるが）。だが、寺山は馬の呼称と馬そのものをほとんど意図的に混交させる。名前のフェティシズムとでもいえるものがかいまみられるのである。

ミオソチス（忘れな草）やジルドレ（バタイユが論文も書いている、ジャンヌ・ダルクとともに英国と闘ったが、多数の子供への快楽殺人で、「青髯《あおひげ》」としても知られる貴族）等は代表的だろう。

ミオソチスは、寺山を競馬にのめりこませた馬としても知られている（朝日杯三歳ステークス［現在の馬齢では二歳］の勝ち馬で、クラシックはとれなかったが名種牡馬であったアローエクスプレスの姉でもある）。「忘れな草」という「主役にはなれない」ある種の可憐さをもったこの名前は、同馬が中央から地方に移籍していった事情も含め、寺山の競馬観におおきな影響を与えた。

ミオソチスについては、一九七一年一二月一二日の朝日杯について「トルーエクスプレスが出てきたので、困ったことになってしまった。この馬は、私の大好きだったミオソチスの弟である。ミオソチスは当時もっとも美しい牝馬で、しかも牡馬顔負けのレース強さはファンもうっとりするものだった」[11]と大絶賛である。そして「千葉の牧場で繁殖にあがったとき、牧場まで会いにいった私は、パドックくらいでしか会ったことがない馬なのに、初恋の馬に再会したようななつかしさと、恥ずかしさを感じたものだった。ミオソチスは女馬ばかり好きで、交配できなくて困っている、と牧場の人にいわれて、私は安心した」[12]とさえ記している。競走馬にとって、「名前」や、そのシニフィアンが、馬そのものと一体になってしまうことはあるだろう。寺山はそうした想いを隠すことはない。

ちなみに現在、クラシック牝馬三冠の緒戦である桜花賞の二レース前に、残念桜花賞といわれる三歳牝馬オープン「忘れな草賞」が設置されている。寺山が亡くなった翌年に創設されたこのレースは、桜花賞に賞金が足らない牝馬の競争として――とはいえ実際には距離がのびる二冠目の優駿牝馬（オークス）へのステップレースでもあり多くの名馬を輩出しているのだが――寺山のミオソチスへの執着とかさなりあう。

ジルドレについては、つぎのように記している。

> その点からいえば、サラブレッドのジルドレもまた、貴族の血をひいている（中略）ジルドレの毛は黒鹿毛で、「血に飢えた」馬かどうかは誰も知らぬが、ジルドレ候の生まれ変わりではないかと思われるエピソードが、まったくないわけではない。ジルドレが高橋農場に輸入されたときに、海の向こうのフランスの少年が、「ジルドレの思い

11―同上、一八五―一八六頁。
12―同上。

出にたてがみを送ってくれ」という便りをくれたことがあり、そのときに、この馬と男の子の関係について、農場の人たちは（むろん、男色に似た友情をふくめて）この愛の異常さを理解したといわれている。[13]

いささか、眉唾もののはなしである。

モンタヴァル

この手の流れでいえば、「モンタヴァルの一家の血の呪いについて」という文章は、やはり着目に値する。モンタヴァルはイギリスの種牡馬で、日本ではモンタサンのほかにもニホンピロエース、ナスノコトブキ、そして後に話題になるメジロボサツ等数々の馬が産駒にいるのだが、日本での子供をみることなく亡くなってしまった。寺山はとりわけモンタサンが菊花賞出走を断念した報に接したときに「私はなぜか「ああ、やっぱり」と軽いめまいのようなもの感じた」と書き「モンタヴァルの子で、二度幸福が続いた馬はいない」「だからこそ、私はこの「嵐が丘」生まれの、不運の血統を愛し、モンタサンにことしの四歳馬〔当時の馬齢の数え方はいまと異なりクラシック時点が四歳であった〕の王座ばかりでなく、みずからの血統への復讐を期待していたのだったが……」[14]とつづけていく。

「生けるお墓」と名指されたメジロボサツは、寺山の気をとりわけひくものであった。朝日杯三歳ステークス〔現在の馬齢では二歳〕を快勝したものの、桜花賞ではハナ差の三着、優駿牝馬（オークス）では雪辱を期すが二着に敗れている。不吉さや呪いという、名前のもつ呪縛に寺山のエクリチュールはこだわりつづける。

さて、「生けるお墓」として寺山が愛好したメジロボサツは、実際、現在の私たちに近いところでまだ生きてもいる。二〇一五年に安田記念とマイルチャンピオンシップというマイルG1両レースを、そして二〇一六年に天皇賞・秋を堂々と制し、現在種牡馬として活躍しているモーリスの四代母はメジロボサツである。私たちは、約五〇年前、寺山がモンタヴァルとメジロボサツに向けた想いを、モーリス産駒の五代血統表にいまだにみてとることができる。同じ血統表のなかには、寺山が知ることはなかった一九八〇–一九九〇年代の競走馬メジロモントレーやグラスワンダーが記されており、それらに対する私の想いと、寺山のモンタヴァルやメジロボサツへの情動は、血統表のなかで蓄積しながら、いまだに現前し、モーリス産駒を追いかける私のなかで生きつづけている。

13――『馬敗れて草原あり』一九七九年、角川書店、二七–二八頁。

14――同上、一五三頁。モンタヴァルはフランス語ではMontavalであり、上流の丘の意味を意味する。これを寺山は嵐が丘にかけたのだとおもわれる。

第3節 寺山の言葉・言葉の場所

射貫く言葉たち

こうしたエッセイや新聞連載は、まさに寺山固有のエクリチュールとして重要なものである。ただ寺山は、いまでいうコピーライター的な仕事も多く残している。それは競馬の普遍を「殺し文句」「警句」とでもいうべき鋭さで描きだす。早熟な短歌少年であった彼にとって、それはむしろ容易な技であったのかもしれない。

寺山は日本中央競馬会の一九七三年のコマーシャルに、自ら詩を書き（その冒頭の一部がもちいられている）出演している。「遊びについての断章」というその詩も、ある種のコピーライター的なものを感じさせ、最後に寺山自身がコートを羽織りつつ東京競馬場のスタンドで佇むあり方は、寺山自身の競馬観を充分に露呈させている。そこで「かもめは飛びながら歌をおぼえ／人生は遊びながら年老いてゆく（中略）人はだれでも／遊びという名の劇場をもつことができる」という文言が、背景の哀愁を帯びた音楽とともに、訛りを含んだ寺山自身の声によって読みあげられる。[15]

ある意味でこのコマーシャルには、「昭和」の雰囲気とでもいえる「野暮ったさ」がある。それは、いい意味でも悪い意味でも、寺山の時代を感じさせる。とはいえ、ここにあるような警句めいた言葉が、いまだに競馬のポスターにであれ、放送にであれ、さまざまなところでもちいられているのはみのがせない。これは寺山のエクリチュールが、時代に深く拘束されながらも、賭博や人生という事象について時代を超えた意義をもつことを明かしてくれる。

たとえば、JRAのコマーシャルでいえば、二〇〇六年に放映された「競馬が教えてくれたこと」というシリーズがある。一種の警句の散りばめであるが、インターネット上では「寺山修司が教えてくれたこと」という、このコマーシャルのMADがアップロードされている。MADとは既成の映像などを個人が切り貼りして作成したものであるが、このMADは実にいい出来映えで、本当にJRAが「寺山オマージュ」を作成したのではともおもわせる。[16]このMADは、「競馬は人生の比喩ではない」ではじまり、「人生が競馬の比喩なのである」という言葉で終わり、途中にJRAのコマーシャルを挟みこんだものであるが、そこに散りばめられた言葉は、まさに寺山的な何かを想起させる（上記の有名な「台詞」の原型は注1を参照のこと）。

怒号と号泣と喧噪に包まれる競馬場のなかで、独りコートを羽織り佇む寺山というイメージは、現在においても「賭博者」の原型的なものである。昨今の、カジノのように綺麗

15——参照　https://www.youtube.com/watch?v=vl_QKFqokI
16——参照　https://www.youtube.com/watch?v=LFcrdjXT2tQ

に整備された今の競馬場と、スマートフォンで馬券を買うというこのご時世においても、寺山の言葉や姿勢は、変わらずおおきな意義をもちつづけている。ひょっとすると、寺山のあらゆる言葉のなかで、もっとも歴史的な長さにおいて残るものは、賭博と遊びにかんするこうした一連の「警句」なのかもしれない。それらはもはや、寺山という出自を超えて、断片として、競馬場に集う博徒のあいだに、なお飛び交いつづけているのだから。

競馬という劇空間——群衆のなかの孤独

寺山が書き残した競馬の文章群と、彼自身の短歌や演劇や文芸評論を中心とする「主要な」活動とがどう連関しているのかを明示するのは難しいだろう。だが私は、寺山がここまで競馬にいれこんだことには、競馬という「遊び」の感覚が、彼の演劇的感性に照応していたがゆえではないかともおもう。

寺山の競馬エクリチュールがもつ空間性を考えてみる。ほとんどの場合そうしたエクリチュールの舞台は、場末の寿司屋や酒場の隅というけっして公的とはいえない親密な場所での言葉のやりとりである。他方、寺山のイメージそのものの東京競馬場での佇まいは、まさに広大な競馬場という、人工的な中央アジアの大草原のミニチュアのなかでの孤独である。寺山の書いたものには、多くの想像上の、あるいは実在の登場人物が出現する。その一方、それは競馬場そのものを舞台とするものではない。ここに寺山の記述のひとつのポイントがあるとおもう。

寺山にとって、競馬とは日常である。競馬は、競馬場だけに、場外馬券売り場（現ウインズ）だけにあるものではない。競馬がなされている場所は、寺山にとって彼が毎日生きる場所であったバーや飲み屋などのこの世間の片隅である。しかし同時に、寺山は競馬場を、そこで走っている馬を、北海道の牧場という草原を、そして遠く競走馬が発祥した中央アジアの平原を、すべて視界にいれて語っている。実際には寺山は、ケンタッキーダービーも、イギリスのアスコット競馬場もつねに視野にいれていた。日常が、広大無比に拡がりもする賭博に通じ、そうした賭博が日常なのである。片隅が世界であり、世界が片隅である。平常に生きるその現場が遊びの空間であり、遊びの空間の場所が平常の場所である。

寺山の演劇空間について私は多くを語る能力をもたない。だが、彼が演劇と客席の、ときには演劇と街頭の区別をなくし、街頭のなかで演劇をなした実験性と、こうした競馬における姿勢との連関は容易におもいうかぶ。場末の酒屋の言葉のやりとりと、生死をかけ、全世界に拡がる競馬の空間とが、彼の鋭い言語的感性によって接合されている。

遊びと偶然性

同時に、そこには寺山の、まさに民衆のなかにおける「遊び」という要素が混入した偶然性というテーマをみいだすこともできる。本書に所収されている佐々木英明へのインタビューにもあるように、寺山の賭けは、けっして「玄人」の「賭博」ではなく、阿佐田哲也が「小学生」と言っていたような類のものだろう。それは以上に記したような寺山の予想に対する姿勢をみてもそうである。彼は「賭博」を楽しみ、もちろんそれなりの「配当」は得たであろうが、しかし「馬券を当てる」「勝負に勝つ」ということにはほぼ関心がないようにおもう。そこでは上記の大衆のなかにあり、そこでの遊びと偶然性のなかで漂う自分という、寺山のさまざまなジャンルを貫くあり方がほのみえているともいえるのではないだろうか。偶然性というテーマは、演劇でもそのほかの創作でも、多くの場面で寺山の生き方に通じるものだろう。寺山の競馬は、そうした意味でも彼の試みの核心に通じるものでもある。

競馬の空間には、雑多な大衆がいる。多数の想いがそこで発せられ、時には一つの方向に収斂する賛美にも罵声にもなる。そうした多数の声のなかで寺山はおそらくは、コートを羽織った姿そのままで孤独である。孤独であることにおいて、彼も大衆の雑踏のなかの一員である。同時に彼もまた競馬に自分を賭け、生死に触れるという「遊び」をなす博徒なのであり、「遊び」がもつ偶然性との戯れなのである。競馬場の光景をこうした演劇性において描きだしたのは、間違いなく寺山の功績であるだろう。そして二一世紀の今、競馬場に向かう私たちに、寺山の言葉はなお生きつづけている。

第6章—デザイン

初期の天井桟敷のポスターを読む

劇との関係を中心に

(1)　昭和42年5月3日　水曜日　天井桟敷　第1号

第一号

演劇実験室
A LABORATORY
OF PLAY

天井桟敷

大好評再演決定!! 『青森県のせむし男』

5月13日(土)→15日(月)
アートシアター新宿文化
開演　9時30分＝入場料　500円
都内各プレイガイド・大学生協プレイガイドにて前売中
電話1本ですぐ予約できます。事務所 (414) 4627

寺山修司・作
青森県のせむし男

●再演お知らせ

『天井桟敷新聞』第1号　1967年5月発行

前川志織

Shiori Maekawa

京都芸術大学専任講師
一九七六年生まれ。
専門は、日本近代美術史、
広告デザイン史。
同志社大学大学院
文学研究科博士後期課程退学。
博士（芸術学）。
編著に、『〈キャラクター〉の大衆文化
伝承・芸能・世界』（KADOKAWA、
二〇二二年）、『博覧会絵はがきと
その時代』（青弓社、二〇一六年）など。

第6章

初期の天井桟敷のポスターを読む
——劇との関係を中心に

第1節　混沌とした熱気をもつポスター群

ポスター・デザインと劇との関係

本章は、寺山修司が主宰した演劇実験室・天井桟敷の演劇ポスターのうち、その初期にあたる一九六七年の発足から六九年の海外進出前後の頃のものに注目する。たとえば、横尾忠則（一九三六―）による《**天井桟敷定期会員募集**》（一九六七年）（図1）では、旭日模様を背景に、セーラー服のバタ臭い顔立ちの女性やサーカス小屋の猛獣使いのイラスト、同じくサーカス小屋の象の写真などが所せましとコラージュされる。その余白には文字が敷き詰められ、派手派手しい色調も相まって、混沌とした熱気を帯びている。当時、横尾をはじめ、宇野亞喜良（一九三四―）や粟津《あわづ》潔《きよし》（一九二九―二〇〇九）ら、寺山の周囲に集った若手デザイナーの面々が、天井桟敷のポスター制作に参加した。それぞれのポスターに、デザイナーの「個性」が発揮される一方で、いずれのポスターもこの「混沌とした熱気」をあわせもつように感じられる。

寺山修司の演劇作品や各デザイナーのデザイン作品の変遷を取り上げる書物において、これら初期の天井桟敷のポスターは、彼らの初期の活動において重要な位置を占めるものとして語られる。[1] また、一九六〇年代後半の視覚文化に着目した研究においても、その独特な時代相に影響を受けたジャンル横断的な表現の一例として天井桟敷のポスター群が取り上げられる。[2] しかしながら、いずれの研究も、これらのポスターが、演劇界やデザイン界の動き、あるいは劇そのものとどのように関係していたのかについての詳細を語るものではない。

そこで本章では、当時のポスター・メディアの特性に着目し、それらのポスターが、どのような制作方法で、劇とどのような関係をもちながら制作されたかについて考察したい。

1——寺山偏陸監修『寺山修司——劇場美術館』二〇〇八年、パルコエンタテインメント事業局。南雄介、藤井亜紀、出原均編『横尾忠則森羅万象』二〇〇二年、美術出版社。宇野亜喜良『宇野亜喜良クロニクル』二〇一四年、グラフィック社。フィルムアート社編、金沢二一世紀美術館企画『粟津潔——荒野のグラフィズム』二〇〇七年、フィルムアート社。

2——水沼啓和ほか編『一九六八年激動の時代の芸術』二〇一八年、千葉市美術館・北九州市立美術館・静岡県立美術館。水沼は、一九六八年からの数年間において、全共闘運動に象徴されるように、急速な近代化のなかで吹き出しつつあったさまざまな歪みに対する、大規模で広範な異議申し立てが噴出するなかで、自らの存立基盤を問い直し、オルタナティブな言説と実践の回路を探し求め、標準的制度を問い返すような動きが芸術に関わるあらゆる場面でも見られるとし、そのひとつに天井桟敷を含む小劇場演劇ポスターを位置づける（水沼啓和「一九六八現代美術の転換点」、同書、八—一三頁）。

図1｜横尾忠則《天井桟敷定期会員募集》ポスター1967年

提供元:テラヤマ・ワールド

第2節　初期の天井桟敷とポスター

新劇と小劇場演劇

演劇実験室・天井桟敷は、六〇年代後半から七〇年代にかけて、状況劇場（一九六三年唐十郎らが結成）、早稲田小劇場（一九六六年鈴木忠志らが結成）、自由劇場（一九六六年佐藤信らが結成）を含む小劇場運動——風俗としてのアンダーグラウンドの意味を帯び「アングラ演劇」とも呼ばれる——のひとつである。

小劇場運動は、いわゆる「新劇」に反旗を翻すことを目的に始まった。新劇は、ヨーロッパの近代劇の影響を受けた築地小劇場（一九二四年創設）の系譜に連なる、翻訳劇中心の新興演劇を指したものであり、戦後には、文学座、俳優座、劇団民藝の三大劇団を中心に、戦後民主主義のもとで隆盛した。商業劇に対抗し劇団員の集団的な協力をもとにしたそれは、戯曲が指示する内容を統一的に表現する形式で、リアリズムを志向するものであった。俳優は、商業劇のようなスター・システムを取らず、優れた技術をもつ専門職の演劇人として扱われた。上演空間としては、中程度の規模で、舞台と客席が額縁（プロセニアム・アーチ）で二分割された既存の劇場が選ばれた。また上演に際しては、左翼政党を支持母体とする「労演」[3]が公演を支えたため、劇の内容もしばしば啓蒙的な傾向を帯びた。[4]

それに対して小劇場演劇では、従来のリアリズム型の近代劇を否定した劇構造がとられた。日常と非日常、現実と夢の双方を行き来する、重層的な構造がさまざまに試され、俳優の身体は戯曲や演出に従属せず、その身体表現そのものが重視された。[5]西堂行人によれば、俳優たちは、演劇を職業というよりも、生の衝動を支える道具のようなものとして捉えた。[6]つまり、非専門的な「素人」としての生々しい表現、そうした表現が結集することで生まれる衝撃性こそが目指された。上演空間の選択においても、この演劇運動は新劇に異議を唱えるものであった。既成の劇場やホールとは異なり、小劇場や野外テントといったかたちで、客席と舞台との距離が近く、大胆な実験ができるマージナルな劇場空間を拠点とした。[7]観客についても、新左翼に共鳴する立場から、政治的イデオロギーとは距離を置き、より広範な大衆を意識した。[8]

このように、小劇場演劇は、従来の新劇の構造を批判することで、演劇の表現や制度そのものを根本から問い直すものであった。しばしば「小劇場運動」と称されるように、劇

第6章
初期の天井桟敷のポスターを読む
——劇との関係を中心に

3——勤労者演劇協会の略で、一九四八年東京労演の前身が結成した組織を最初とし、以後大阪労演（四九年）をはじめ日本各地に結成された。
4——西堂行人『［証言］日本のアングラ——演劇革命の旗手たち』二〇一五年、作品社、一一—一二頁
5——扇田昭彦「小劇場運動以後の現代演劇」目黒区美術館ほか編『戦後文化の軌跡—一九四五—一九九五』一九九五年、朝日新聞社、一六三—一六四頁。
6——西堂行人、前掲（4）、一五頁。
7——扇田昭彦、前掲（5）、一六四頁。
8——西堂行人、前掲（4）、一二頁。

の完成を目指すよりも、常にその創作プロセスを重視する運動体としてのありようが特徴にあったと考えられる[9]。

初期・天井桟敷の演劇

小劇場演劇のひとつである天井桟敷は、一九六七年に、寺山修司を代表とし、演出家・東由多加、美術家・横尾忠則、俳優・九条映子（九條今日子）らが加わり、「見世物の復権」を標榜して結成された。一九六九年には渋谷に作られた地下劇場「天井桟敷館」を拠点とし、七〇年代以降には、海外の演劇祭で公演を重ねた。市街空間の劇場化を図る「市街劇」の試みなどにより、演劇の内と外の境界を問う概念的な表現の傾向を強め[10]、その前衛性が国際的にも評価を得たが、一九八三年寺山の死去を機に解散した。

寺山は、天井桟敷旗揚げの動機について、戯曲（台本）が先行し、啓蒙性を帯び、制度化した新劇――「切符売場に行って入場券を買い、薄暗くしてある観客席に坐って、プログラムのパンフレットで名前のわかる連中たちが、何かを演じるのを眺めている」――の文化と対峙し、「「演劇が文学から独立した」時点」から活動を開始しようとしたと述べている[11]。

初期の天井桟敷の演劇は、一九六七年から六九年の海外進出前後あたりまで、一幕ものを主とした、寺山がいうところの「見世物劇」が該当すると考えられる[12]（表1）。この初期一幕ものは、寺山によれば「私たちの主張が反映しているとは言いがたい」ものの、「土着的な芸能のエネルギーを吹きこみ、畸型、変態、非行少年少女、造反学生らによる「祝祭」

を歌舞かせよう」とアングラ風俗を方法化し、[13]「「見慣れるもの」の異差（ママ）と驚きによって日常の現実を活性化する」[14]ことで、新劇への対抗を示そうとした。

公演場所も、映画館であったアートシアター新宿文化、寄席だった新宿・末廣亭、喫茶店でライブハウスでもあった新宿シアター・ピットインなど、既存の劇場ではなく、新宿界隈の比較的小規模で、舞台と観客が区分されにくい空間が選ばれた。

俳優は、新聞に「怪優奇優美少女募集」と広告を出して集められた。[15]《**大山デブコの犯罪**》（一九六七年）では太った女性、《**毛皮のマリー**》（一九六七年）ではゲイ・バーのママ、《**書を捨てよ、町へ出よう**》（一九六八年）では寺山が選評者を務めた雑誌『高三コース』に詩を投稿した生徒といったように、舞台上にさまざまな「素人」を登壇させた。[16]当時俳優・演出家志望の学生であった萩原朔美やシャンソン歌手であった丸山明宏らも、非専門的な立場から俳優として参加した。それは、専門家と素人との境界に揺さぶりをかけ、「俳優とは何か」を問うものでもあった。[17]

作劇や演出方法も独特であった。美術や音楽、俳優を担当する各団員たちがそれぞれア

9—西堂行人、前掲（4）、一五頁。
10—水沼啓和ほか編、前掲（2）、一四〇頁。
11—寺山修司「解題」『寺山修司戯曲集　三幻想劇篇』一九八三年、劇書房、三七三頁。
12—寺山修司「解題」『寺山修司戯曲集　一初期一幕物篇（新装）』一九九五年、劇書房、二八一—二八二頁。
13—寺山修司、前掲（11）、三七三頁。前掲（12）、二八二頁。
14—寺山修司「天井棧敷十年の歩み」『新劇』一九七六年八月。
15—寺山修司「天井棧敷とは何か」寺山修司『さあさあお立ち会い　天井棧敷紙上公演』一九六八年、徳間書店。
16—『天井棧敷新聞』九号、一九六八年九月二三日。
17—西堂行人、前掲（4）、二四一頁。

イデアを出し合うことから作業が始まるため、台詞の書き込まれた台本は本番前に仕上がるという具合で、創作プロセスを重視し、即興性を含む集団創作の傾向にあった。[18]

初期の天井桟敷におけるポスターの制作

小劇場演劇における対抗的な態度は、演劇活動の重要な一翼を担った数々のポスター——斬新なデザインが施され、通常の掲示場所でははみ出るようなB全サイズであった——にもあらわれていた。[19] 初期の天井桟敷のポスター・デザインの依頼や制作の仕方は、演劇制作のあり方と相関関係にあった。

デザインの依頼は、大まかなアイデアのみを伝えるというラフな形で始まり、そのデザインはある程度デザイナーの裁量に任されたようで、その点演劇制作のプロセスと似通う。寺山偏陸によると、依頼の際、寺山はタイトルとキャッチコピーを書いて、いかにおもしろい芝居を創ろうとしているかをデザイナーにアピールしたという。[20] 宇野亞喜良は**《新宿版千一夜物語》**（一九六八年）のポスター・デザインの依頼について、次のように述べている。

〜　多くの場合、演劇ポスターへのイラストレーション作成作業は脚本と演出家の持つ発　〜

18——寺山偏陸監修、前掲（1）、七〇頁。「天井桟敷全美術カタログ附寺山修司インタヴュー」『スーパーアート・ゴクー』八、一九七九年一一月、パルコ出版、四八頁。
19——扇田昭彦「演劇ポスターの黄金時代」桑原茂夫、笹目浩之編『ジャパン・アヴァンギャルド——アングラ演劇傑作ポスター一〇〇』二〇〇四年、パルコエンタテインメント事業局、二頁。
20——寺山偏陸監修、前掲（1）、七〇頁。

表1｜初期・天井棧敷の演劇ポスター一覧（1967-1969年）

No.	演劇名	制作年	劇作者	デザイナー	印刷技法
1	天井棧敷 定期会員募集	1967	－	横尾忠則	シルクスクリーン
2	青森県のせむし男	1967	寺山修司	横尾忠則	シルクスクリーン
3	大山デブコの犯罪	1967	寺山修司	横尾忠則	シルクスクリーン
4	毛皮のマリー	1967	寺山修司	横尾忠則	シルクスクリーン
5	年間スケジュール 1968年	1968	－	辰巳四郎	－
6	新宿版 千一夜物語	1968	寺山修司	宇野亜喜良	シルクスクリーン
7	青ひげ	1968	寺山修司	井上洋介	シルクスクリーン
8	さらば映画よ	1968	寺山修司	辰巳四郎	シルクスクリーン
9	ハイティーン詩集 書を捨てよ町へ出よう	1968	寺山修司、 ほか	横山明、 依岡昭三	シルクスクリーン
10	男装劇 星の王子さま	1968	寺山修司	宇野亜喜良	シルクスクリーン
11	書を捨てよ! 町へ出よう!	1969	寺山修司、 ほか	及川正通	シルクスクリーン
12	毛皮のマリー フランクフルト公演版	1969	寺山修司	宇野亜喜良	シルクスクリーン
13	犬神 フランクフルト公演版	1969	寺山修司	粟津潔	シルクスクリーン
14	犬神	1969	寺山修司	粟津潔	シルクスクリーン
15	ガリガリ博士の犯罪	1969	寺山修司	及川正通	シルクスクリーン

出典:桑原茂夫、笹目浩之編『ジャパン・アヴァンギャルド——アングラ演劇傑作ポスター100』、2004年、パルコエンタテインメント事業局

想を汲みとることから始まる、象徴としてのイメージを描くことが多いのだが、たまには主演者のポートレートでイラストレーションを作ることもある。しかしこの場合も、演出のコンセプトに沿っての話である。

もっとも、創立当時の天井棧敷の頃は、寺山修司の台本も出来ていなくて、だから当然のようにキャスティングも未定のまま、ポスター制作にかかったこともあった。

（中略）

あれは六〇年代、演劇のコンセプトなど話し合わなくても、感覚的な部分で連帯する同志であり、共犯者でもあるという、奇妙に幸福な時代だった。[21]

宇野は、デザインの依頼方法とデザイン制作の過程が通常の演劇ポスターの場合とは異なっていたことを指摘する。粟津潔も、フランクフルト公演《**犬神**》（一九六九年）のポスター・デザインの依頼の時期が、六月の公演の二、三ヶ月程前であったことを証言している。[22]このように、ポスターの制作においても、従来の新劇にみる「道具帖[23]を発注して、ラッシュ[24]の日に作曲家が来てというかたちで、完全に分離する、分業化されたもので」はないあり方が目指された。[25]さらに、各デザイナーは、ポスターだけでなく、経験のあまりない舞台美術もしばしば任された。デザイナーの和田誠にいたっては、《**大山デブコの犯罪**》の音楽を寺山から依頼され担当したことも考慮するならば、全体として「素人」としての「個」の表現を志向していたといえよう。

《ペルソナ》展とモダン・デザインへの抵抗

こうしたポスター制作のあり方は、グラフィック・デザイン界におけるモダン・デザインへの反動と重なるものでもあった。

戦後におけるモダン・デザインのひとつの頂点は、一九六四年の東京オリンピックでのデザイン・ワークである。デザイン評論家・勝見勝による「機能に焦点を絞り、必要にして十分なデザイン」という指揮のもと、亀倉雄策によるシンプルかつ抽象的なシンボル・マークが選定され、このマークを一貫して用い書体を統一化するといったデザインポリシーが策定された[26]。要するに東京オリンピックという国際的な国家事業を端的に宣伝するため、各専門による組織的な分業体制のもとで、視覚的統一性を図る機能的なデザインが試された。

東京オリンピックのデザインの先導役には、亀倉雄策や原弘ら戦後モダン・デザインを牽引した日宣美（日本宣伝美術協会）の主要会員が多く含まれた。日宣美は、一九五一年に発

21――宇野亜喜良「ポスターという名の恐怖、あるいは懐かしい風」宇野亜喜良『定本 薔薇の記憶』二〇一七年、立東舎文庫、一〇一―一〇二頁。
22――粟津潔「死とドラマのデザイン」粟津潔『デザインになにができるか』一九六九年、田畑書店、二五頁。
23――大道具（背景）を製作するため、舞台の装置を正面から描いた図。
24――本来は映画用語で、撮影状態を確認するための未編集プリントを指す。演劇の場合、劇の通し稽古により、音楽の挿入などを確認することを指すと考えられる。
25――「天井棧敷全美術カタログ附寺山修司インタヴュー」、前掲（18）、四九頁。
26――木田拓也「東京オリンピック一九六四　そのデザインワークにおける「日本的なもの」」東京国立近代美術館編『東京オリンピック一九六四　デザインプロジェクト』二〇一三年、東京国立近代美術館、九―一〇頁。

足した、戦後はじめての全国的なデザイナーの職能団体で、デザイナーの社会的地位の確立や作品発表、交流の場として大きな役割を果たした。五三年に設置された公募部門が、新人デザイナーの登竜門として注目されるなど、この団体は、会員数と公募数を増加させ、デザイン界での権威となった。

演劇界との関係も濃厚で、新劇が、プロデューサー・システム導入やメーカー企業との提携などによる「企業化」の傾向を帯び、各分野の専門家が分業体制で参加するなか、日宣美に属するデザイナーは、新劇のポスターをしばしば手がけることになる。劇団民藝によるリアリズムの翻訳劇《**セールスマンの死**》(一九六六年)のポスター(図2)では、田中一光がデザイナーとして、和田誠がイラストレーターとして携わった。[27] 黒の線描で顔が塗りつぶされたセールスマンのイラストが、現代社会における人間疎外という戯曲の主題を象徴的に示している。中央に配置されたこのイラストの上に、公演名、主催の劇団、会場や日時などの情報が、色や書体を工夫しつつ端正かつ明快に重ねられることで、イラストを最大限に活かしつつ、公演情報を明示している。このポスターでは、宇野が寺山の場合と対比的に述べたような、脚本と演出家の持つ発想を汲みとり、象徴としてのイメージを描く演劇ポスターの制作過程が的確にふまえられているようである。この端正かつ象徴的なデザインは、公演内容と情報を広く宣伝し、観客に足を運んでもらうという広告の機能へと収斂するとともに、「戯曲(劇)に従属するポスター」という立ち位置を示してもいる。

このように、日宣美のデザイン制作は、新劇における演劇制作のあり方と呼応するものであったが、そうしたモダン・デザインへの反動を象徴するものとして、《**ペルソナ**》展

図2｜田中一光（デザイン）、和田誠（イラスト）《セールスマンの死》1966年

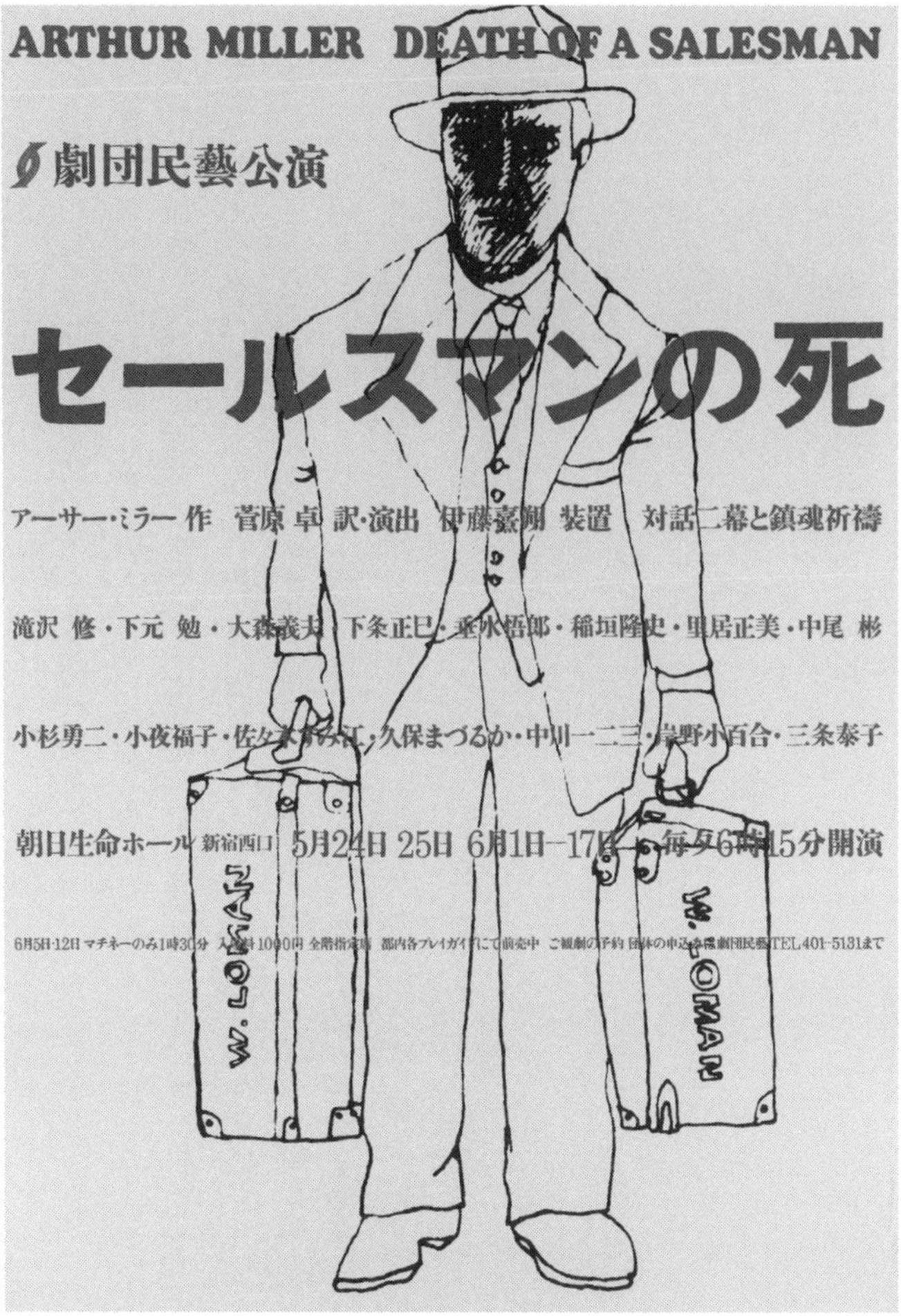

所蔵:DNP 文化振興財団

（一九六五年一一月、東京・銀座松屋）がある。出品作家には、田中一光のほか、粟津潔、宇野亜喜良、横尾忠則、和田誠ら日宣美の若手メンバーでその後天井棧敷の各種デザインを手がける面々が含まれた。「チームワークと無名の行為を求めつづけられてきたペルソナの人々が、個性の表現を指向しはじめたのも、私にはごく自然な成りゆきと思われます」というカタログに寄せられた勝見勝の序文にみるように、この展覧会では、機能的デザインとは異なる、個を尊重し、広告の制約に縛られないデザインのありようが主張された[28]。

モダン・デザインに対する《ペルソナ》展の抵抗は、新劇に対する小劇場演劇のあり方とパラレルなものとしてとらえられる。戯曲（劇）に従属せず、素人としての個を尊重した立場による天井棧敷のポスター制作は、こうしたデザイン界の動向をふまえたものでもあった。

第3節 劇の宣伝からの逸脱

宣伝媒体としての『天井棧敷新聞』

寺山は、ポスター依頼をかけた後の宣伝媒体として、タブロイド版のPR紙『天井棧敷新聞』（一九六七―八三年）を制作している[29]（図3）。この新聞は、一九六七年から六八年にかけては、おおよそ二、三ヶ月に一度というペースで（六九年には海外公演などにて寺山自身が多忙だったからか発行はない）、劇の初演の一ヶ月ほど前に発行された。四ページほどに及ぶ記事には、近日初演を迎える劇の紹介、その次の回の公演の紹介、以前の公演の劇評、劇団の近況などが、写真やカットを添えて所せましと紹介されている。ポスターは未完の状況

27——印刷博物館編『一九六〇年代グラフィズム』二〇〇二年、印刷博物館、四三頁。
28——DNP文化振興財団編『グラフィックデザイン展「ペルソナ」五〇年記念』二〇一四年、DNP文化振興財団。新劇のポスター・デザインを手がけた田中と和田も《ペルソナ》展に参加している。両者はモダン・デザインの潮流を的確にふまえる一方で、田中は、日本の古典から着想した抽象的かつ端正な作風、和田は、似顔絵を主とした飄逸な作風により、個を尊重した表現を目指したと考えられる。横尾、宇野、粟津らは、田中や和田よりもモダン・デザインへの強い抵抗を露わにしたが、この三名も、天井棧敷のポスター以前の作品にみるように、モダン・デザインへの十分な理解の先に、そうした態度を示したと考えられる。
29——寺山偏陸監修、前掲（1）、七〇頁。

であるから、劇の紹介や劇評などの記事には、寺山がポスターのデザイン依頼をする際に考えた劇のキャッチコピーやそれに関連する文章が含まれると推測される。《ペルソナ》展のメンバーでもあった横尾忠則、宇野亞喜良、粟津潔が関わった初期の天井棧敷のポスター図像と、宣伝対象である演劇はどのような関係にあったかについて、『天井棧敷新聞』における文章を手がかりにみてみよう。[30]

劇団の看板としてのポスター

《天井棧敷定期会員募集》（一九六七年）のポスターは、一連の天井棧敷のポスターのうち最初に制作されたものである（図1）。ここには、サーカス小屋の巨大な象が旗を揚げる様子、定期会員募集の看板、年間の公演予定（公演されなかった演目も含まれる）の告知がみられることから、天井棧敷の旗揚げを機に、劇団を宣伝するために制作されたものと思われる。つまり、演劇ポスターには幟の役割があったと宇野亞喜良が述べているように、劇団の看板のような役割を帯びたものと考えられるのである。[31]

「さあ、さあ、お立ち会い！天井棧敷紙上呼び込み」（『天井棧敷新聞』一号、一九六七年五月三日）という記事で、寺山は、旗揚げの動機について次のように述べている。

> 七草の頃、天幕小屋の中で綿飴をしゃぶりながら胸おどらせて見上げた舞台には、まさにシアトリカルな意味での劇的な世界があったものだ。
> だが、現代の舞台芸術からそのような「血湧き肉おどる」幻想の世界が姿を消して、

図3｜『天井棧敷新聞』第1号　1967年5月発行

(1)　昭和42年5月3日　水曜日　天　井　棧　敷　第1号

第一号

演劇実験室

A LABORATORY OF PLAY

天井棧敷

大好評再演決定!! 『青森県のせむし男』

見世物芝居の第一弾！青森県にもつれあう人間葛藤の巨篇大島籐閃！天井棧敷の鳥獣怪優、美少年美少女がおりなす怪奇と詩の一幕！

総天然色・ドラマスコープ

●再演お知らせ

寺山修司・作

青森県のせむし男

5月13日(土)→15日(月)

アートシアター新宿文化

開演　9時30分＝入場料　500円

都内各プレイガイド・大学生協プレイガイドにて前売中

電話1本ですぐ予約できます。事務所 (414) 4627

●スタッフ

●キャスト

提供元:テラヤマ・ワールド

久しい日がたった。

私は何とかして、あの少年時代の幻想と現代人の失った夢とを結びつけて、新しいドラマを作りたいと思い、仲間を集めて「天井棧敷」を作ったのである。

ポスターにおいても、「さあ、さあ、お立ち会い！」という見世物の口上の雰囲気を演出するかのように、巨大な象や、蛇使いの怪力男の曲芸が披露される。地平線が広がる旭日模様の空と海を背景に、象と女子高生がポーズを決めて奥から迫り出すかのような構図も、まるで見世物の舞台のようである。

劇の宣伝から逸脱するポスターと戯曲に従属しない劇

さて、図1のポスターにおけるセーラー服姿の女性は、第一回公演《**青森県のせむし男**》の語り役の女子高生の浪曲師かと思われる。その隣の仮面の紳士は、公演予定演目のひとつであった「仮面による霊験劇」を示しているのかもしれない。しかし、これらの図像と演劇作品との密接な関連を見出すのはむずかしい。横尾が好んだ戦争を暗示する戦闘機や艦船にいたっては、劇団の特徴や劇の内容とどのように関わるのかも定かではない。このように《**天井棧敷定期会員募集**》のポスターは、公演内容や劇団の各種情報を宣伝してはいるものの、日宣美流のモダン・デザインで期待されたような、宣伝内容を的確かつ端的に宣伝する広告のあり方からは逸脱している。

ポスター《**青森県のせむし男**》（図4）では、劇の宣伝からの逸脱がさらにエスカレートする。この劇は、恐山和讃が流れる村落共同体での土俗的な設定のもと、凌辱された母と、見知らぬ母を恋求めるせむし男との葛藤が繰り広げられるという内容で、初期の天井棧敷で繰り返し試された母ものであった。[32] 初演一ヶ月後に発行された『天井棧敷新聞』一号の「大好評再演決定!!青森県のせむし男」という記事では、「見世物芝居の第一弾！青森県にもつれあう人間葛藤の大鳥瞰図！天井棧敷の巨篇鳥獣怪優、美少年美少女がおりなす怪奇と詩の一幕！総天然色・ドラマスコープ」と、見世物の口上、あるいは映画の惹句のような宣伝文句が並ぶ。

ポスターでは、ロサンゼルスで刊行された日英二ヶ国語新聞『羅府新報』（一九六六年一〇月二九日）の一面をそのまま「地」として利用している。さらに同じ新聞の他の頁からも広告の切り抜きが貼り付けられ、これら『羅府新報』の広告や記事には、バツ印がピンクのインクで重ねられている。さらに「芸術家の集まる酒場・ユニコン」――『天井棧敷新聞』には、この店舗広告を含む、会場近辺の喫茶店やバー、寺山らによる書籍の広告などが掲載された――などの新宿近辺の店舗と思しき日本語の広告も貼り付けられている。こうしてみると、「血のしたたる食肉の味　稲毛屋」や「棺桶の御用なら日の出葬儀商会」は、ロサンゼルス、新宿近辺、あるいは、実在しない店舗の広告なのか定かではない印象を与え

30――『天井棧敷新聞』の記事は次を参照。『天井棧敷新聞第一号―第二六号　全縮刷版』一九九七年、アップリンク。

31――宇野亜喜良、前掲（21）、一〇一頁。横尾が図1のポスター制作の前年に手がけた劇団状況劇場のポスター《腰巻お仙》（一九六六年）も、仮設劇場であった戸山ハイツ灰かぐら劇場の入り口前に、看板のように設置された。南雄介、藤井亜紀、出原均編、前掲（1）、三一頁。

32――本章で取り上げた初期の天井棧敷の戯曲は次を参照。寺山修司『さあさあお立ち会い　天井棧敷紙上公演』一九六八年、徳間書店。寺山修司『寺山修司の戯曲』一、二（新装版）、一九八三年、思潮社。寺山修司『寺山修司戯曲集一　初期一幕物篇（新装）』一九九五年、劇書房。

る。こうした目眩しのような広告のコラージュのなか、劇名や会場・会期の情報は、この新聞の記事の一種かのように点在し、宣伝すべき情報の明示性はむしろ避けられているのである。

なるほど横尾の《ピンクガールズ》連作（一九六六年）の一点のモノクロ図版は、劇の内容とゆるやかに関連づけられる数少ない図像である。セーラー服姿の女性がもつ水子供養のための風車が、劇の舞台である恐山のある青森県を暗示し、彼女が語り役の女子高生の浪曲師であることを示唆している。その隠微な身振りには、凌辱された母の姿も重ねられているかもしれない。ただし、劇の主役である「せむし男」については、彼女の左にある骸骨の横にいる人物写真がそれを示唆する程度である。『天井棧敷新聞』一号の記事で、佐藤忠男は「奇怪ななにわ節をセーラー服の少女が歌うとか、その浪花節とポーラ、ネグリのマズルカの組合わせとか（中略）全く違う種類のものを重ね合わせるとかのごったにの印象が強くて面白いですね。そして、横尾忠則さんのポスターが、実にグロテスクで、実に素晴らしくて印象に残っています」という評を寄せている。

浪花節を歌うセーラー服の少女などの断片的なイメージのごった煮という、台本に捉われない劇の特徴は、このポスターにおける混沌としたコラージュのなかのグロテスクな女学生の印象とゆるやかに重なっている。劇の宣伝からの逸脱というポスターの視覚的な特徴は、台本に従属しないこの劇の特質と重なるのである。

図4｜横尾忠則《青森県のせむし男》ポスター　1967年

提供元:テラヤマ・ワールド

メディア間での自在なモチーフの引用

宇野亜喜良は、一九六八年の《新宿版千一夜物語》から天井棧敷のポスター・デザインに携わった（図5）。『天井棧敷新聞』五号（一九六八年一二月一〇日）に「奇想天外！アラビアンナイトの世界が新宿歌舞伎町に繰りひろげる詩と幻想とエロチシズム あゝ、新宿ブルースの高らかなひゞき！」とあるように、その内容は、アラビアンナイトから着想を得て、現代の新宿を舞台に、トルコ風呂（ソープランド）の女性、三文ヤクザ、学生運動家、人形使いなどが登場する、性と幻想を主調とした複数の小話からなっている。

ポスターでは、文字情報は、左上部の矩形に収められ、横尾が手がけたデザインに比べると、劇の宣伝からそれほど逸脱していないようである。主たる図像は、ミルクティーで客をもてなすトルコ風呂の女性である。異様な髪型の裸体の女性が乳首からミルクを出し、下半身にはリボンが舞う様子は、性と幻想という主題を示唆してもいる。ただし、二人の男は特定の登場人物を指し示すわけではなく、小話の構成ゆえ、トルコ風呂の女性が主役を張るという内容でもない。前節で引いた宇野の証言の通り、台本のないままでデザイナーの裁量にある程度任された制作であったこともあり、図像と劇の内容との間に強い関連があるとはいえない。

『天井棧敷新聞』四号（一九六八年一〇〜一一月か）における寺山の記事によると、この演劇作品は「必らずしも『絵本千一夜物語』の脚色劇化ではない。しかし、二年間にわたって書きつづけた絵本のエキスはすべて舞台の上にのせてしまいたいというのが私の抱負であ

図5｜宇野亞喜良《新宿版　千一夜物語》ポスター　1968年

提供元:テラヤマ·ワールド

る」。したがって、この劇の着想が『絵本千一夜物語』（一九六八年、表紙絵および挿絵：宇野亞喜良）にあったことはたしかである。しかしながら、寺山が単なる脚色ではないと断っているように、絵本と劇との間にヒエラルキーを設けず、それぞれの表現を尊重しながら、登場人物や構成を自在に変更するなどのアレンジが施されたといってよい[33]。

このような関係は、ポスター・デザインと演劇作品との間にも見出すことができる。ポスターで乳首からカップにミルクを注いでいた裸体の女性は『絵本千一夜物語』表紙（図6）から転用されアレンジされたものだが、宇野によると「**《新宿版千一夜物語》**のポスターでは僕が勝手に描いた、裸のオッパイからミルクをしぼってミルクティを飲む女を、寺山修司は奇術師と相談し、舞台上に登場させてしまったこともあった[34]」。要するにポスターの図像が劇中に反映したのである。この股を大きく開いた女性のモチーフは、グロテスクな姿に変形されて舞台の背景画にも登場しており、ポスターが劇の一部と化したようである。このように雑誌、絵本、ポスター、劇へといった具合にメディア間を自在に横断しつつ、モチーフが相互に引用され展開するさまは、少なからず見出される[35]。

33——『さあさあお立ち会い　天井桟敷紙上公演』（寺山修司著、一九六八年、徳間書店）では、演劇から書物へとメディアを横断し、写真家の森山大道や須田一政、デザイナーの粟津潔や辰巳四郎の共作のもとで上演された劇の紙上での再演が試みられている。次を参照。菅野洋人「寺山修司の「書物演劇」」寺山偏陸監修、前掲（1）、一八六―一八七頁。

34——宇野亜喜良、前掲（21）、一〇二頁。

35——これに関連して、横尾、宇野、粟津のポスターの間にも、モチーフや表現の共有や相互引用が指摘できよう。宇野による裸体の女性が乳首からミルクを出すモチーフは、すでに横尾の《ピンクガールズ》連作（一九六六年）でなじみのもので、横尾のポスター《大山デブコの犯罪》にも採用されている。横尾のポスター《天井桟敷定期会員募集》と宇野のポスター《新宿版千一夜物語》では、アール・ヌーヴォーに影響を受けたサイケデリック調の色彩や書体が共通し、粟津の《犬神》における印鑑を模した署名や異なる書体の組み合わせは、横尾による演劇ポスター以外の同時期の作品にも見つけることができる。

図6｜寺山修司（作）、宇野亞喜良（画）『絵本千一夜物語』天声出版、1968年

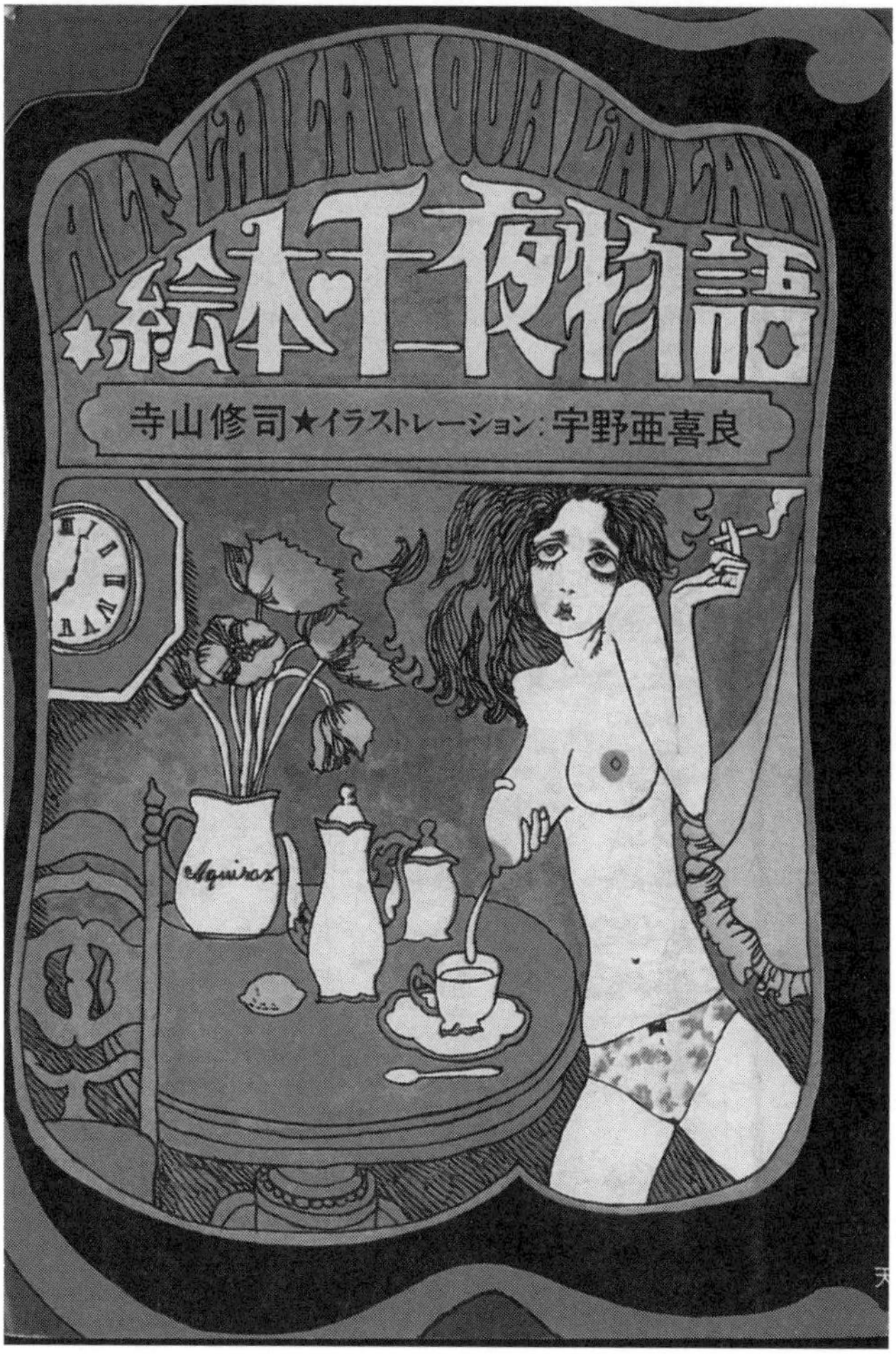

第4節 大衆的図像の引用

同時代の大衆的図像の引用と広告

これまでにみたように、天井桟敷の演劇ポスターは、台本に従属せず、劇の宣伝から逸脱する傾向にあったが、観客がまだ目にしていない劇を、デザイナーにより選び出された図像——上演される現実の劇そのものではない——を借りて表現している点では、従来の演劇ポスター（図2）の手法とも通じている。それは、商品やサービスの魅力を、それとは別のところにある図像を借りてくることで表現し、虚構の世界を作りだす広告デザインの手法でもあった。[36] 大衆を相手にした広告の場合、借りてくる図像には、しばしば大衆のあいだで広く共有された既知のイメージが選ばれる。その図像は単独で見られ理解されるというよりは、図像をめぐる他のテクスト（図像や概念など）との関連からその意味合いが読み取られることになる。[37]

横尾が手がけた《**大山デブコの犯罪**》（一九六七年）（図7）のポスターでは、図1と同様に、当時アイビールックで知られたVANと並ぶアパレル会社JUNのロゴが、左下に置かれている。この会社は、天井桟敷のスポンサーになったため、会社の宣伝を兼ねてこのロゴ

図7｜横尾忠則《大山デブコの犯罪》ポスター　1967年

提供元:テラヤマ・ワールド

が挿入されたという経緯がある。このロゴは、右下の浮世絵のコマ絵風のイラストと対称的に置かれることで、デザインのアクセントにもなっている。[39]

一九五〇年代末から、カラーグラビアを盛り込んだ週刊誌の創刊が相次ぎ、当時の若者文化を象徴する雑誌『平凡パンチ』や『ＨＥＩＢＯＮパンチＤＥＬＵＸＥ』には、記事に混じってＶＡＮなどのファッション広告が掲載された。横尾は、これらの雑誌にしばしばイラストや記事を寄せている。たとえば『ＨＥＩＢＯＮパンチＤＥＬＵＸＥ』一九六七年七月号の折込頁には、**《ピンクガールズ》**に連なる、胸のあらわなアメリカのセクシー女優のピンナップのような絵画の複製図版が、「ＰＩＮ‐ＵＰ」と題されて綴られている（図8）。その裏には、彼の絵画の複製と対になるかのように、匿名の外国女性のピンナップ写真が印刷されている。横尾のピンナップの絵画は、図7のポスターにおける包丁を振り上げた、唇の横にホクロのあるグラマラスな女性と共通の特徴をもつ。

このようにみると、このポスターにおけるＪＵＮのロゴは、スポンサーの広告というだけでなく、大量に流通したピンナップガールのイメージと対になった、当時の広告世界（消費社会）を象徴する大衆的な図像として引用されたとも考えられる。この表現は、近代における広告の手法を踏襲している点で、広告や漫画といった同時代の大衆的な図像を批判も肯定もせずに戦略的に利用したポップ・アートにも通じる。[40]

当時の週刊誌にはピンナップ写真が氾濫し、前田美波里をモデルにした資生堂の広告**《太陽に愛されよう》**（一九六六年）に象徴的なように、写真のリアリティに注目した広告が大量に流通した時代であった。ただし、これらの写真におけるどちらかというと健康的なエロ

図8｜横尾忠則《ピンナップ》

出典:『HEIBONパンチDELUXE』平凡社、1967年7月号、折込頁

ティシズムに比べ、横尾が描くピンナップ風の女性像は、猟奇的で、過剰なエロティシズムを帯びている。石子順造によれば、横尾にとって、大量に流通し共有された「イメージ」としての女性像を描くことは、ファンがブロマイドを秘蔵するかのように、その似顔絵を描くことで、個人的な心情を吟味するかのような行為であった[41]。図7の繊細な黒の線描によるこの女性像にも、広告の手法に抗うかのように、エロティシズムへのアンビバレントな心情がこぼれ出ているようである[42]。

前近代の大衆的図像の引用と「生」の欲望

横尾が引用しなぞってみせた「イメージ」としてのエロティックな現代女性は、近代が「まがいもの」として切り捨てた、匿名性を帯び大衆の趣味に迎合した通俗的な表現——いわゆるキッチュ——であった[43]。図7のポスターでは、同時代のキッチュなイメージだけでなく、前近代の大衆的図像も過剰なまでに散りばめられている。近世から明治にかけての浮世絵にみるような黒の矩形に鮮やかな赤の色彩、大入袋の書体[44]、コマ絵を添えた構図、コマ絵のなかにある富士に桜、青空のグラデーション、商標に見立てた劇団のロゴという具合である。石子順造は、彼のデザインの特徴は、こうした前近代的な感覚と、コマーシャリズムに魅了された近代的な感覚という、本来矛盾するはずの二つのものが同居するところにあると指摘する[45]。そこには、近代化のなかで打ち捨てられた前近代の土着的なイメージを呼び起こすことで、近代の広告が抑圧した生＝性の欲望——デザインの本来のありよう——を取り戻そうとする意図があったという。

栗津潔も、同じ時期に、前近代的な大衆的図像に魅了され、それを自身のデザインに積極的に取り入れた。《**犬神**》（一九六九年）（図9）はドイツ・フランクフルト公演の後に日本で公演され、粟津はこれらの公演のポスター・デザインと舞台美術を手がけた。この劇は、人間座で《**吸血鬼の研究**》（一九六四年）と題して初演され、ラジオドラマ《**犬神の女**》（一

36―岸文和「大正期広告研究の視座――ヴィジュアル・レトリックを中心に」大正イマジュリィ学会国際シンポジウム報告書編集委員会編『大正イマジュリィ別冊大正期東アジアにおける新聞広告の視覚文化論』二〇一七年、大正イマジュリィ学会国際シンポジウム報告書編集委員会、一三―三八頁。

37―難波功士「社会表象としてのポスター」『美術フォーラム二二』二七、二〇一三年、四六―四七頁。

38―九條今日子（インタビュー）「ポスターなしの芝居なんて考えられなかった」桑原茂夫、笹目浩之編、前掲（19）、九頁。

39―天井棧敷の制作を担った九條今日子は、このロゴについて次のように述べてもいる。「そのポスターを外国へもっていくと、JUNという文字だけが読めるから「グループ・ジュン」なんて呼ばれたりしたんですよ。それで寺山が「もう少し小さくしよう……」とか言ってね（笑）」。九條今日子、前掲（19）、九頁。

40―松井茂、成相肇「口寄せ対談　東野芳明×石子順造　横尾忠則を〝今〟語る――ポップとキッチュのあいだで」『美術手帖』九九五、九四―九六頁。ポップアートにおける引用については次の論文を参照。平芳幸浩「像と視線――ポップアート以降のイメージについて」藤枝晃雄編『現代芸術論』二〇〇二年、武蔵野美術大学出版局、一一二―一二〇頁。

41―石子順造「匿名性の反逆と微笑――横尾忠則のブラック・ユーモア」石子順造『キッチュの聖と俗――続・日本的庶民の美意識』一九七四年、太平出版社、一九二頁。

42―横尾のポスターを見た人の次の反応は、こうした心情の吐露を公共の場で目にしたゆえのものと思われる。「たとえば雑踏の新宿の中で多くの人が「青森県のせむし男」のポスターを見て立ち止る。ある者はけげんな顔をして、又ある者は眼鏡をはずしてしげしげと眺め、アベックは「あらいやだ」などと言いながらそれをきっかけにべったりとくっついて、とにかく反応はさまざまである」（竹永敬一「ポスター時評」『天井棧敷新聞』二、一九六七年六月一日）。なお、宇野の《新宿版千夜一夜物語》も同様に、アングラ風俗のひとつであった「イメージ」としての新宿を、サイケデリックな装飾に彩られたトルコ風呂の女性に象徴させ、抒情に乗せて描いた点で似通う。

43―《ピンクガールズ》に連なる女性像は、横尾が戦中と終戦後を過ごした故郷・兵庫県西脇市にあった播州織工場の輸出用ラベルに描かれた欧米女優風のイラストが着想のひとつとなったという。山本敦夫「横尾忠則の昭和・試論」飯田高誉、山本淳夫編『横尾忠則の「昭和Nippon」――反復・連鎖・転移』二〇一三年、横尾忠則現代美術館、一八頁。

44―寄席の大入ビラを彷彿とさせるこの書体が選ばれた理由のひとつに、江戸時代の寄席の伝統を引き継ぐ新宿・末廣亭（一八九七年創業）がこの公演の会場であったこともあげられる。

45―石子順造、前掲（41）、一九二―一九三頁。石子は、横尾作品にみる近代の両義性を、ありふれた広告ビラにも見出している。石子順造「ビラ・チラシのナンセンスさ」石子順造ほか著『通俗の構造――日本型大衆文化』一九七二年、太平出版。

九六四年）としても放送されたものを、《新宿版千一夜物語》同様、メディアを横断しつつ改作を重ねたものである。内容的にはそれは、「吸血鬼」を被差別の「犬神筋」と重ねて展開したもので、「血・母・故郷の三位一体もしくは三律背反を主題とする初期戯曲の一つ」として母殺し的惨劇を扱っている。[46]

このポスターでは、目や鼻の代わりに文字で埋め尽くされた仏像が置かれた仏壇から、顔のない和装の花嫁の写真が迫り出すさまが正面性の強い構図で描かれている。この花嫁は、主人公・月雄の母ミツ、彼がかわいがったミツに似た白い犬・シロ、あるいは惨殺された彼の花嫁の重ね合わせかと思われる。その周りには、犬の仮面のイラストとともに、人相図、手相図、略暦、印を顔に見立てたモチーフが各所に貼り付けられている。土俗的で不気味さを感じさせるこれらのモチーフは、粟津が繰り返し用いていたものであり、「死」の世界こそ、私にとってそのまま「生」をつきつけてくるイメージ」だとした彼の創作によって、「血筋」や「惨劇としての血」という劇の主題にゆるやかに関わっている。[47]さらに、仏殿や手相図、犬の仮面などが舞台美術にも使用されることで、このポスターは、舞台のような正面性のある構図もあいまって、まるで劇が再構成されたかのように感じられる。[48]粟津自身も、こうした前近代的な大衆的図像について、「人間の血沸き肉躍るところの、文化・風俗のなかに、深く根を張り詰めているもの」、「まさに無名の作者たちの描いてきた情念」がそれらに現われていると述べている。[49]このようにみると、横尾と粟津のデザインは、その共通する発想から、前近代の大衆的図像を引用したと考えられる。

本章でこれまでにみたように、寺山もまた、初期の天井桟敷の演目において、前近代の

図9｜粟津潔《犬神》フランクフルト公演版ポスター　1969年

提供元:テラヤマ·ワールド

土着的なモチーフを利用し、同時代のアングラ風俗を織り交ぜつつ、横尾、宇野、粟津らによる舞台美術もあいまって、見世物にみる「血湧き肉おどる」幻想の世界が放つ驚きを演出した。戯曲に従属せず、「素人」としての「個」に立脚する立場から、大衆的なイメージを利用し、それを過剰に演出することで近代化に行き詰まった現実を活性化させようとする手法は、初期の天井棧敷の劇とポスター・デザイン双方に通底するものだったのである。

初期一幕ものは「いささか「つわものどもの夢の跡」といった感慨がなくもない。おどろおどろした横尾忠則、宇野亞喜良らの背景絵、立ちこめるけむり、土着ジンタと歌謡曲、厚化粧したゲイや浪曲師、全共闘学生らの狂喜乱舞を省いて、これらの作品は語れないからである」と寺山は述べてもいる。[50]この文章は、ポスターと劇との相互関係を示唆しているといってよい。

通俗的で手触りのあるポスター

粟津は、「エコール・ド・シモオチアイ」という文章で、下落合にあったサイトウプロセスという小さな印刷工場でのシルクスクリーン印刷の思い出を述べている。[51]この工場は、日宣美の公募展が始まった一九五三年頃から、一枚ずつ手刷りで行われるシルクスクリーン印刷を手がけ、一九五〇年代後半から六〇年代にかけて、日宣美メンバーを中心に若いデザイナーの集まる競合いの場所であったという。天井棧敷のポスターも、この工場で刷られたものかもしれない。

シルクスクリーン印刷は、大量に印刷できるが費用のかかるカラー・オフセットに比べ、安価だが、数十枚程度の少量の部数しか刷れなかった。しかしながら、この印刷には、一枚ずつの手刷りだからこそのディテールがあり、粟津は「少量の安価にも、大量をしのぐ何かがある」として、浮世絵版画といった前近代の通俗的な印刷物に共通する色彩のゆとりや手触りのよさをみている。

一九六〇年代後半には、写真を利用した新聞雑誌広告やテレビ・コマーシャルが勢いを増すなかで、ポスターはオールド・メディアと化しつつあった。田中一光は、「組織化された大機構の中で集団制作される、ほとんどの広告作品の没個性化に対して、ポスターは、その宿命である、小スケールを武器として、疎外されてゆく現代人の意識や欲望を、極めてパーソナルに、私情報化の楽しみを提供しはじめたのである」と述べ、ポスターの新たな役割を的確に指摘している。[52]

少部数だが手触りのある天井桟敷のポスターも、こうした新たな役割を帯びたと思われる。ひとつには、それらは、若い劇団員の手によって、目抜き通りの所定の場所というよ

46――塚本邦雄「つらつら椿つらつらに」寺山修司『寺山修司の戯曲 二（新装版）』一九八三年、思潮社、三五九―三六〇頁。
47――粟津潔、前掲（22）、二六頁。
48――粟津のポスターにおける舞台装置のような階段や正面性の強い構図は、舞台装置（道具帖）と重ねられているように思われる。横尾のポスター《定期会員募集》、宇野のポスター《新宿版千一夜物語》、《毛皮のマリー》、《星の王子さま》（一九六九年）も、画面下部を舞台と見立て正面性のある構図でモチーフを並べる手法が共通する。
49――粟津潔「イラスト論考」粟津潔、前掲（22）、八頁。
50――寺山修司「解題」前掲（12）、二八二頁。
51――粟津潔「エコール・ド・シモオチアイ」『デザイン』一九七八年一一月号、一九―二〇頁。

りは、「酒場・ユニコン」のような新宿近辺のバーや喫茶店などに掲示され、アングラ風俗になじみのある客の目を楽しませたようである。[53] もうひとつ、それらは、自室に貼って楽しまれるという役割も帯びたらしい。というのも、当時、ポスターを購入し自室で楽しむ若者が増え、一種のポスター・ブームが起こっていた。[54] 新宿にはサイケデリック・ポスターを主力商品とする「フラワー・パワー」などのポスター専門店ができ、天井桟敷のポスター《**さらば映画よ**》（一九六九年）でも「ポスター販売元　フラワー・パワー」という文言が確認できる。

他方、日宣美展も、ポスター・ブームの一役を担ったが、どちらかといえばそれは「デザインの芸術化」の傾向を帯びた。[55] 中原佑介は、ポスター形式の展示が主流となった一九六八年の日宣美第一八回展の展評で「現象としてみるときポスターの絵画化は疑えない事実である。それは、要約すれば、ポスターが宣伝とか効用性を失い、印刷された美術という性格を強めていることを意味する」と述べている。[56]

こうしたなかで、大衆的な図像で彩られたシルクスクリーンによる初期の天井桟敷のポスターには、無機質な広告とも、絵画を志向するポスターともどこか異なり、「ピンナアップの「無用になったら、捨てても、燃やしてもよい芸術」、「次々と取替が可能な芸術」、「非芸術の芸術」、「反デザインのデザイン」[57]」として、デザインの本来のありように立ち返るような役割が託されたのであろう。

52——田中一光「ポスターの変身」東京アートディレクターズクラブ『年鑑広告美術68'』一九六八年、美術出版社、二一八頁。

53——九條今日子（インタビュー）、前掲（19）、九頁。

54——瀬木慎一「ポスター・ブームとその背景」『朝日新聞』一九六八年四月二四日。「ポスターよく売れます」『朝日新聞』一九六八年一〇月二四日。深作光貞『新宿考現学』一九六八年、角川書店、一九三頁。

55——印刷博物館編、前掲（27）、一八九頁。

56——中原佑介「印刷美術について」『人間と物質のあいだ——現代美術の状況』一九七二年、田畑書店、一五〇頁。中原佑介「六〇年代はひとつだったか」印刷博物館編、前掲（27）、二五三—二五五頁。

57——粟津潔「バラ・バラ・バラ・バラ exposé——俺たちに明日はない」前掲（22）、六三頁。

第6章

初期の天井桟敷のポスターを読む

——劇との関係を中心に

コラム

あなたはいったい誰ですか？

三沢市寺山修司記念館学芸員　広瀬有紀

「ここに来て、寺山修司のことがもっと分からなくなりました。」

来館者からこんな感想を耳にすることがある。まさか記念館に行って、一層わけが分からなくなって帰るなんて、来る前には思いもしなかっただろう。彼らは、帰り際に「また来ます」と困惑した、でもどこか嬉しそうな笑みを浮かべて去っていく。

寺山は安易な理解を拒否する。来館者は、彼の作品や愛蔵品といった展示資料を鑑賞するとき、対象を観察し、自分なりに考え理解しようとする。しかし、寺山相手では、私たちはその目論見を完璧に外されてしまう。何せ彼は、記者に「職業は何ですか？」と聞かれ、「寺山修司」と答えたという逸話を持つ人なのである。そして、その答えがまったく誇張ではなく、一番しっくりくるという有様なのだ。くせ者である。

一九七七年から亡くなる半年前まで数十名の友人らに送っていたニュースレターにはこうある。

さて前に質問と答という2匹の亀を飼っているということをお知らせしましたが、最近その答の方が栄養失調にかかって目をはらしています。（中略）質問の方は依然として元気で、やはり問いかけることの方が答えるよりも、はるかに健康だということを亀は証明してくれたようです。[1]

ここでは、「偉大な思想などにはならなくともいいから、偉大な質問になりたい」[2]といった寺山の美学が浮き彫りになる。一般的に、質問という行為は、答えに比重があると考えられている。問いがあれば必ず答えがあり、答えの側に意味が集約されている、と。しかし、寺山は、問うことそのものに意義を見出し、簡単に結論にたどり着くことを許さない。おそらく、難解で取っつきにくいと言われがちな理由はここにある。

脚本を手がけたテレビ番組「あなたは…」[3]でも、一貫した姿勢が貫かれている。この番組は、すべて街頭インタビューで構成されていた。「もしあなたが総理大臣になったら、まず何をしますか」、「昨日の今頃あなたは何をしていましたか」、「人に愛されていると感じることはありますか」といった質問を、道行く人に次々投げかける。出てきた回答に対してインタビュアーや番組の制作者が意見や感想を言ったりすることはなく、徹底して問うことに力点が置かれている。[4]「あなたは…」のインタビューの最後はいつも、「あなたはい

1――一九七八年七月の手紙。『寺山修司・多面体』一九九一年、JICC出版局
2――歌集『田園に死す』一九六五年、白玉書房
3――一九六六年一一月二〇日放送　TBS制作　芸術祭奨励賞受賞

ったい誰ですか」という問いかけで締めくくられる。素直に名前を答える場合もあれば、「一人の人間です」や「普通に働いてる人です」などと口にする者もいる。

この「あなたはいったい誰ですか」という問いは、今なお、すべての人に等しく向けられている。記念館を訪れる人が突き当たるのもここだ。予想外のものや未知のものに出会ったとき、それをどう捉えたら良いか、考えているうちに次第に自分自身を見失っていくのである。

しかし、一方で寺山は、近づいてくる対象を遠ざけることは決してない。『家出のすすめ』の作家宅には、当然のように全国各地から家出少年少女が訪ねてきた。著作者の自宅住所が記載されていることがままあった時代で、本人に会うのは難しくなかったのである。もともと来客が多かった寺山の家ではあったが、そんなハプニング的な出会いを楽しんでもいたようだ。[5]

演劇実験室「天井棧敷」の劇団員の多くはそうしたハグレ者だった。ここではないどこか、何者でもない誰かを求めてくる人たち。みんながみんな、文学や演劇・映画といった芸術好きだとも限らなかったようだ。劇団の中心部にしても、最初から演劇を志してきた人ばかりで構成されていたわけではない。彼らに共通していたものがあるとすれば、自身を取り巻く環境や社会に対する疑問、それらを何らかの形で自分の外に向けて表したいという気持ちだ。六〇年代後半の天井棧敷というのは、同時代に活動していた劇団らと異なり、ゆるやかな連帯により成り立つ凸凹な集まりだった。そうして形成された劇団は、寺山が作りたかった新しい家、家族の形ではなかっただろうか。

天井桟敷同様、記念館の来館者もまた、必ずしも熱烈な寺山ファンというわけではない。寺山が天井桟敷席[6]に活気がある演劇を目指したように、ほんの一瞬だけ道が交錯する人たちの無意識のなかにも入り込んでいく。誰にとっても、新しくて懐かしく、厳しくも優しい。なぜかまた帰ってきたくなるところ。そんな場所を目指している。

没年一九八三年から数えて四〇年、問い問われる私たちの愉しい対話は始まったばかりなのだ。寺山はその人を映す鏡だ。ゆえに正解はない。絶え間なく繰り返される問いのなかにこそ寺山修司がいる。

ト書き――――この劇に終りはない。[7]

4――これらは、番組の担当ディレクターだった萩元晴彦と寺山が一晩で考えた200もの質問から選ばれたものだった。インタビュアーたちは、対象者に無機的に聞くようにと繰り返し指導された。
5――寺山の元妻で、作品のプロデューサーを務めた九條今日子の著作に詳しい。『回想・寺山修司百年たったら帰っておいで』二〇一三年、角川書店
6――劇場の後方、天井近くにある観客席。観覧料が安いため一般大衆向けだった。寺山は仏の映画《天井桟敷の人々》(監督:マルセル・カルネ 一九四五年製作)を史上映画ベストテンにあげている。
7――市街劇「人力飛行機ソロモン」台本。一九七〇年一一月、東京の新宿・高田馬場の市街地一帯で初演。以後、フランスのナンシー、オランダのアーネムで公演を重ねる。

第7章―演劇II

小劇場運動と「肉体」

寺山修司をめぐる文化的野心とともに

渋谷・天井棧敷館前に立つ寺山

若林雅哉

Masaya Wakabayashi

関西大学教授

一九六九年、千葉県生まれ。
芸術学研究者。
京都大学大学院文学研究科
博士後期課程修了。博士（文学）。
専門は翻案理論、舞台芸術論。
主要論文に
「明治四十二年の理想主義者
——小山内薫の「女形」採用と
女優をめぐる時代状況」
（関西大学出版部、『豊穣なる明治』、
二〇一二年）など。

第7章

小劇場運動と「肉体」
——寺山修司をめぐる文化的野心とともに

第1節 寺山修司を宙づりにしてみる

関心と問題の所在

日本の演劇史において寺山修司はどのように評価されるのか。小論は、この問いに正面から立ち向かうものではない。新劇陣営にあらがう「小劇場運動のカリスマ」か、あるいは「アングラの旗手」か。よく語られ、また、それなりに馴染むキャッチフレーズとしてはこんなところだろう。ただ、率直かつ素朴な感触を述べるのであれば、晩年の《奴婢訓》上演[1]（一九七八年）は勝れてウェルメイドな「新劇」的な「内容」主義を示しているように思われ、件のレッテル張りや称揚はふさわしくないように思えてならない。ここで急いで付け加えておくが、小論の目的は、件のレッテルに賛成することでも反対することでもない。むしろ先ほど無頓着に吐露したように、寺山修司とは、だれもがお好みの陣営に引き込みたくなる対象、しかもその多面性と豊穣なまでの韜晦ゆえに容易く引き込めてしまう対象なのではないかということを述べようとするものである。戦後、権威として屹立していた新劇陣営と、それにあからさまに対抗しようとした小劇場運動との間で揺れ動く寺山修司の在り方を示してみたいと考える。そのために、小論の第一の課題は、「小劇場運動とはなんであったのか」について一通りの把握を行うこととなる。それは、寺山の活動が小劇場運動の枠組みに収まりがたいことを、まずは示すだろう。ただし、それは上述の陣営間の綱引きに結論を下すことを意図してではない。むしろ、そのように宙づりとなった寺山を、後世が自らの欲望のままに好みの陣営に引き入れる前提を見出すことが目的である。では、よく見られるような「小劇場運動のカリスマ」なり「アングラの旗手」なりのレッテルはどのように通用しているのだろうか。そこにみられる欲望の投影を明らかにすることが、小論の第二の課題となるだろう。

第2節

小劇場運動における肉体への回帰
芸（肉体）と演技（内容）の二極から

肉体と内容

では、日本の演劇史において「小劇場運動」はどのように把握されうるのか。あらかじめ示してしまうなら、それは、新劇の「内容」主義からの「肉体」への（様々な様相での）回帰といえるだろう。もう一つの契機、〈異議申し立て〉の時代についてはあとで語ろう

1――一九七八年一月九日の東京国際貿易センターでの上演（寺山修司・J・A・シーザー共同演出）を指す。これは記録映像が残されており（UPLINK, ULV-078）、さらに、寺山修司「奴婢訓 天井桟敷・上演台本」として『新劇』第二五巻第五号（一九七八年五月一日、白水社、一三六―一八二頁）に掲載されている。以上の資料からは、「天井桟敷」の面々が寺山のテクストを忠実に演じており（台本もそれを要求している）、演技の方法論からも新劇的な現実化が図られていたことがわかる。しかし、そのテクストはのちの寺山に関するプロジェクト（研究、出版、全集企画）から無視されてきた。それは、翌二月にオランダで行われた「初演」（なにを「初演」とみなすかもまた文化的野心に関わる）、すなわち「移動密室」（ホヴァークラフト）で観客が各ブロックをめぐる趣向を採用したメクリ実験工房（アムステルダム）での大変結構なアヴァンギャルドがもてはやされ、また後年の寺山自身によって散文詩のように改訂されたヴァージョン（一九八三年）が様々な形態で収録・再版され続けていることと対照的である。なにを無視して、なにを称揚するのか。ここにも後世の欲望が関与していると言わなくてはならない。

（第3節）。

さて、ここで小論が導入する分析軸は「芸と演技」の対抗である。それぞれ演じる者（肉体を具えた俳優、とりわけ〝スター〟）への関心と、演じられるモノ（戯曲・台本、役柄、内容）への関心と言い換えることが出来るだろう。「芸」は、演じるスターへと寄せられる関心の対象である。「芸」は演じられる役柄を通り越えて、それを演じる者の肉体から発散されるといえよう。明治維新以前、庶民にもひらかれていた舞台、すなわち歌舞伎においてはこの「芸」が舞台を支配しており、それは今日でも変わらない。例えば《**京鹿子娘道成寺**》で大名跡が勤める「花子」は、内容的には白拍子や少女、そして蛇体へと移り変わっていく。このとき、六世歌右衛門が町娘には見えないことなどは関心の外にある。観客が舞台に期待するのは、町娘という「内容」のリアリスティックな表出などではなく、歌右衛門の「肉体」によっていま支配されているという、覇権の在りようだからである。これに対して、「演技」においては演じられる内容・物語が焦点となる。内容を抱えた台本への関心が生まれてくるのは、明治を迎えてからの政治と文化の変化を待たねばならなかった。明治期の欧化主義（と、それに伴う「演劇改良運動」という歌舞伎の弾圧）を経て、「西洋種」（西洋演劇の脚本）をとりあげていった新派・新劇の活動においては（翻案劇・翻訳劇の差はあれども）、いまだ知らぬ西洋事情、その物語内容の表出こそが観客の求めるものとなっていたのである。西洋文化・文物が当たり前のものとなる第二次世界大戦後まで、この内容主義は「新劇」の基調となっていくだろう。時代を戻って、その嚆矢となった川上音二郎の「新演劇」において内容とそのリアリズムへの関心が舞台にもたらされたことは注目されてよい。壮士あがりの川上一座の《**板垣君遭難実記**》(一八九一年)は、当初は(スターどころか)俳優の仕事ともいえないものだったであろうが、そこでは、板垣退助襲撃事件というニュース「内容」の現実化と、歌舞伎の型を離れた文字通りの殴り合い(これ以上ないリアリズム=再現表象)が評判を呼んだのである。素人によって現実化される「内容」が舞台を支配していたといえよう。翻案劇の新派(たとえば台湾へ舞台を移した正劇《**オセロ**》)に対して、翻訳劇をむねとする新劇がシェイクスピア作品の諸設定を維持したことは、再現されるべき「内容」への更なる忠誠に他ならない。[2] また、(必ずしもスタニスラフスキーその人の思想ではないが)一時期は日本でもよく言われた「スタニスラフスキー・システム」、すなわち「舞台袖からすでに役になりきる」という心得も、俳優の肉体を滅却して「役柄」にすべてを賭けるという「演技」のための骨法であろう。新劇の大劇団の周辺をモデルとする漫画『ガラスの仮面』(作・美内すずえ)の中で指導者がたびたび主人公に「仮面をかぶるのよ、マヤ」と迫るのも、同様に、〝ちんちくりん〟の肉体を隠ぺいして役柄を前景化するための手段として、なのである。小劇場運動に先立つ「新劇」は、内容の再現であるべき「演技」によって舞台を実現したといえよう。もちろん、演じる者と演じられる内容の双方の充実は望ましいものであろう。しかし、それは既に述べた経緯を経た、歴史の浅い「常識」[3]であって、明治期から

2——第一次新劇運動の終わりに、坪内逍遥が率いる早稲田大学系の「後期文芸協会」の(最後となる)第三回卒業公演(一九一二年)において、その忠誠が試された。島村抱月の訳・演出によるズーダーマン《故郷》上演に「マグダの思想は忠孝の教えに背く」として公演中止の内示が届く。西洋演劇・戯曲の移植を使命とする逍遥には「内容」変更を呑むことが出来ない(公演中止を受け容れる)。これに対して抱月は内容変更による公演続行を主張した。役柄・マグダの現実化よりもスター・松井須磨子のプロデュースを重視してのことである。こうして団体は翌年には分裂し、須磨子を中心とするスターシステムの(それゆえ新劇運動とは一線を画す)「芸術座」が誕生した。

の日本の演劇史は「芸」と「演技」の二極の間を激しく往還してきたのである。「小劇場運動」もまた例外ではなく、長く西洋演劇の移植に携わってきた新劇への反動として彼ら反逆者たちは、「内容」の反対極、「肉体の復権」を唱えることとなるだろう。ついでながら続くテレビドラマの時代についても、（後の議論の都合もあり）「肉体」と「内容」に関わる限り言及しておこう。

小劇場運動第一世代は、バブルの到来とともに退潮を迎えることとなる。大規模なメセナや相次ぐ劇場建設により、その第一世代（鈴木忠志、唐十郎、蜷川幸雄ら）を取り巻く環境は変わった。扇田昭彦の言葉を借りるなら「持たざる「貧しさ」の中にあった時代」[4]は終わったのである。蜷川幸雄は東宝演劇部プロデュースの日生劇場公演**《ロミオとジュリエット》**の演出を引き受け（一九七四年）、商業演劇の道を歩み始める。他の者たちも様々に活動の場を広げていった。[5]第二世代ともなれば、つかこうへい（劇団「つかこうへい事務所」）もテレビドラマへと進出し、第三世代の三谷幸喜（劇団「東京サンシャインボーイズ」）に至っては、むしろテレビドラマの脚本家として知られている。そのテレビドラマの脚本では「古畑任三郎／田村正和」と表記されることとなるだろう（役柄の「内容」を引き受ける俳優の選択が自由なチェーホフ**《桜の園》**のラネーフスカヤではありえない事態である）。もはやスターの肉体と役柄は切り離せなくなった（そのお陰もあって、テレビドラマの脚本は遠慮なく容姿・髪型に言及する。キャスティングの可能性限定を心配する必要がないからである）。三谷の脚本によるテレビドラマ**《古畑任三郎》**（第二シーズン・第四話、一九九六年）の犯人・林功夫の名を覚えている人は少ない。何気ない会話の中では、それは「木村拓哉が逮捕される回」であるからだ。このジャンルにおいては、もはやわれわれは、肉体と内容の一方だけを透明にみることはできなくなっている。

鈴木忠志による「新劇批判」

では、これよりは小論は「小劇場運動」に集中することとしよう。まず小劇場運動による「肉体」への揺り戻しを確認していく。彼らの「新劇」（文学座、俳優座、劇団民芸）への反逆には、動機（権威に反抗する〈異議申し立て〉の時代、とりわけ新劇ピラミッド（巨大劇団の運営方式）への反抗・忌避）と大義名分（肉体への回帰）があった。この大義名分を最も明確にしているのは、鈴木忠志による新劇批判であろう。

> 「新劇と呼ばれる舞台の特徴を、翻訳劇演技という言葉で表すのは、たしかに一番手っ取り早いかもしれない。（中略）築地以来の伝統を固持する劇団の俳優たちが、タイツをはいても、パテをつけても、西洋人とも思えないが、ともあれ日本人ではない身振

3――この「常識」を、一瞬、先取りできたのは「築地小劇場」（一九二四―二八年、第二次新劇運動）時代の小山内薫だった。「築地小劇場は、演劇の為に存在する。そして戯曲の為に存在しない」（小山内『Ａ・演劇のために』）。但し、戦争による抑圧と小山内自身の死によって、このマニフェストの充実は心許ないものとなってしまう。ところが時代は進み、この「常識」の浸透は、こんにちのスターシステムの代表的存在のひとつである宝塚歌劇団においてさえ近年著しい。ここに至り、スターシステムだけではなく、内容面への関心を呼び起こそうとしているように思われる事例がみてとれるのである（スターへの人気に加えて、「内容」への関心を新たな観客層の創出の契機とする目的もあるだろう）。例えば、人気のテレビドラマに基づく《相棒》（二〇一〇年、花組）やライトノヴェルとそのアニメ化に基づく《銀河英雄伝説》（二〇一二年、宙組）などである。

4――扇田昭彦『日本の現代演劇』一九九五年、岩波新書、一五八頁。

5――一九八三年、つかは『青春かけおち篇』をＮＨＫにて《かけおち83'》へドラマ化する。

りや言葉を戯曲の要求に応じて、不自然なくこなせるようにはなったのである。（中略）西洋に対する憧憬と共感が、日本独特の強靭な物まね精神を基盤として、生活様式と不可分に結びついた演技すら、抽象的な技術の体系として自立させたかに見える。」（「〝新劇〟と呼べるもの」[6]（一九七一年））

鈴木の批判は、まずは新劇における内容表出の失敗に、そして生活という現実から乖離した演技様式に向けられていた。「タイツをはいても、パテをつけても、西洋人とも思えない」とは、西洋人を扱う「内容」とそれを「演じる日本人の肉体」（問題含みの表現ではあるが）の不調和を語っている。「日本人」ならぬ肉体を獲得することが不可能な以上、このとき、西洋演劇を新劇の作法で実践することはできない。鈴木による新劇陣営への訣別である。事実、この時期まで鈴木は西洋演劇の脚本を離れ、脚本家・別役実《べっちゃくみのる》との共同により、彼の劇団のために作られた新作**《象》**（一九六二年）、**《マッチ売りの少女》**（一九六六年）などの上演を重ねている。つまり肉体の在りようを優先して、台本の選択にあたっているといえよう。ただし、このテクストの記された一九七一年に先立って別役は鈴木のもとを離れ、一方で鈴木は白石加代子を起用した**《劇的なるものをめぐってII》**（構成・鈴木忠志、一九七〇年）を上演している時、少し註釈を加えておく必要があるだろう。つまり、このテクストが示すものは「台本に対する肉体の優位」であり、西洋演劇そのものの否定ではない。ただ、新劇が素朴に信じたようには、「西洋人とも思え」るようにはできないということの表明であったという点である（これに関係する、白石加代子の肉体による台詞の制圧については

「早稲田小劇場」に即して後述する）。

「赤毛もの」

とはいえ、この「タイツをはいても、パテをつけても、西洋人とも思えない」という反感は小劇場運動の基調となっていたといえよう。その不釣り合いを避けるべく、鈴木・別役のコンビのみならず、演出家・蜷川幸雄には脚本家・清水邦夫がおり、また唐十郎はみずから台本を、日本人（アジア人？）の肉体のための台本を仕立てていったのである。同時に彼らは、その不釣り合いに頓着しない新劇を「赤毛もの」と罵った。再びテレビドラマから〝当事者の証言〟を聞いてみよう。単発（長編）テレビドラマ**《やっぱり猫が好き殺人事件》**（脚本・三谷幸喜、一九九〇年）である。ここでもたいまさこが演じる「かや乃」は、チェーホフ**《桜の園》**（新劇の代表的演目である）のチケットを成り行きで手に入れる。すでに述べたように、いや、それ以上にわれわれは「かや乃」を透明にみることはできない。この**《やっぱり猫が好き》**シリーズでは、おおまかな流れは決められているが、台詞そのものは俳優のその都度の判断によって発せられているのである（それゆえアドリブもまた多い）。つまり、その台詞は「もたいの肉声」なのか「かや乃の役割」なのか判断がつかない。そして、もたいは渡辺えり子（現、えり）らと「劇団三〇〇《さんじゅうまる》」を牽引した、小劇場運動第三世代に数えられる俳優であった。ぜひ観劇に赴こうと妹に促されるが、かや乃＝もたいは難色を示す。

6——『読売新聞』一九七一年一月一九日（鈴木忠志『内角の和 1』一九七三年、而立書房、一五二頁）。

かや乃（もたいまさこ）　新劇でしょう？　だめ！　ああいう赤毛物。びっくりするのも、こーんなになって！（と、様式的演技）やだ、そういうの。

新劇という「赤毛もの」はなおも容認されないのである。さらに後半にみられる様式的演技こそ、鈴木の批判していた生活の現実から乖離した演技「様式」である。当事者であったもたいによる上の表現は、鈴木からの引用文の註釈のように読むことが出来るだろう。肉体のリアルな動作から遊離した、このような「抽象的」な記号的演技（正しく「様式」の定義である）は拒絶されねばならなかった。ただ、この記号的演技への批判については、小さな劇場で活動する当時の鈴木の戦略性をにらんで割り引いて考えなくてはならないだろう。新劇の大劇団が拠る劇場は、鈴木たちのそれとは比較にならないほど大きかった。その観客席の隅々にまで声が届くための大仰さ、身振りからはっきりと行動が伝わるための「様式」なのである。舞台は生活の現場であったことは一度もない。ともあれ「肉体」をめぐる小劇場運動の理念は、この点からも、メセナと「大劇場」建設のバブル時代を迎えて解体されたとせねばならないだろう。

第3節

レッテル張りへの躊躇（1）巨大劇団の忌避と〈異議申し立ての時代〉

新劇という巨大劇団

その「肉体」の旗のもと、彼らは多様な活動を展開していく。ここでは、先には述べずにおいた小劇場運動の「動機」について確認していこう。

寺山修司と同時代の、小劇場運動第一世代の面々の多くは大学の演劇サークルから、あるいは新劇陣営の研究所を脱退する形でキャリアを出発させている[7]。これは、単なるプロフィールを越えて、彼らの反逆の見過ごせない動因となっていただろう。たとえば、唐十郎は明治大学文学部演劇学科を卒業し、二三歳にして劇団「シチュエーションの会」（「状況劇場」に改名）を主宰している。こうして、題材選択も主演も行い、ことによると恋人・

7——明治大学の唐十郎は「状況劇場」（一九六三年）を、早稲田大学の鈴木忠志・別役実は「新劇団自由舞台」（一九六一年。のちに「早稲田小劇場」）を、学習院大学を中退した太田省吾は「転形劇場」（一九六八年）を主宰することになる。また「青俳」から脱退した清水邦夫・蜷川幸雄は「現代人劇場」（一九六七年。のちに「櫻社」）を、また東京大学の佐藤信は「俳優座」養成所を経て、「68／71黒色テント」（のちに「黒テント」）を組織することとなった。

李礼仙のキャスティングまで自由に采配してきた若者が、新劇という巨大組織に研修生としていちから参加できたであろうか。小論はこれを生臭い裏事情と軽視することは出来ない。キャリアと文字通りの生存がかかった問題でもあるだろう。そして、新劇陣営の大劇団（文学座、俳優座、劇団民芸など）は、戦中の抑圧から解き放たれてかなりの大所帯となっていた。月謝を納めて研究所に入り、研修生からはじめて、準座員、正式座員、そして運営を左右する幹部に至るまでの道のりは果てしない。[8] 初代の好々爺然とした黄門さま（東野英治郎、俳優座）も、一時期はテレビでおどけて見せた江守徹（文学座、座代表まで務めた）も、ピラミッドの頂点に君臨する勝者だったのである。その足元にはいかに多くの挫折者が横たわっていたか。のちにテレビドラマ《**太陽にほえろ！**》（一九八一年）の「ラガー刑事」で人気者となる渡辺徹でさえ、劇団内での当時の立場は文学座研修科の研究生に過ぎなかったのである。

そして折しも、小劇場運動第一世代の若者たちが生きた時代は〈異議申し立て〉の時代を、政治の季節を迎えていた。一九七〇年代初頭までは、安保闘争・学生紛争などで日常には政治の雰囲気が蔓延しており、（確信と実感に基づくというよりも）気分的な左翼への共感が、演劇青年たちを既成の権威、すなわち新劇陣営への反抗に駆り立てもしたのである。もちろん、前節で強調した「肉体」への回帰に関わる大義名分・理念は充実していたはずである。ただ、その改革を新劇陣営の中で行おうとするのではなく、大劇団を忌避して小集団の活動に賭けるという道を選んだ背景として、七〇年代の〈異議申し立て〉の時代状況は見逃せない。「仏方便」だけでなく小屋を後にしたのは、《**身毒丸**》の「撫子」ばかりではなかったのである。しかし、確信を伴わない気分は長くは続かない。情勢の推移は演劇青年たちを取り巻く状況のみならず、日本全体に及んだ。連合赤軍の「あさま山荘事件」（一九七二年）を経て、政治運動の訴求力は日本のいたるところで力を失っていったのである。この時代状況は**《真情あふるる軽薄さ》**（脚本・清水邦夫、一九六九年）で華々しく登場し「政治劇」を世に問い続けた蜷川幸雄の商業演劇へのいち早い転身（一九七四年）を用意することにもなったといえよう。

では、この点、寺山修司はどうなのか。新劇陣営との桎梏から遠く、寺山修司は演劇実験室「天井桟敷」（一九六七年）を組織した。さらには、寺山は打ち倒すべき既成の文化人でもあった。早稲田大学在学中から歌人として脚光を浴び、「模倣小僧」との批判を受けながらもひとかどの文化人としての地位を獲得していたのである。ここには、鈴木のような新劇への反感も、またキャリアメイクのための鬱屈も見て取ることはできない。経済的にも寺山は「持たざる「貧しさ」の中にあった」ことはない。なにより、一九六九年三月には私財を投じて渋谷並木橋に専用の劇場「天井桟敷館」を開館させてさえいる。ここには、小劇場第一世代が共有していた寄る辺ない切迫も、それに伴う反抗心も敵愾心も見て取ることはできない。「小劇場運動のカリスマ」というレッテル張りに小論が躊躇する第一の理由である。反逆者たちの「動機」についてはもうよいだろう。では、「肉体への回帰」という基調からはどうなのか。寺山こそは見世物演劇の復権を、「奇優怪優侏儒巨人美少女等」の「肉体の陳列」を謳ったのではないか。

8――その権力構造と若者たちの鬱屈は、すでに一九六三年には表面化し始めていた。芥川比呂志をはじめとする「文学座」の中堅・若手劇団員二九名の脱退・分裂騒動、そしてそれによる現代演劇協会「雲」の結成である。もちろん、ここでも「より大きな構想を持った、芸術上の動き」（福田恆存）との声明が出されてはいたのであるが。

第4節 レッテル張りへの躊躇（2）
「肉体」の覇権の諸相

唐十郎と「状況劇場」

では、小劇場運動は演劇の焦点をいかに「肉体」へと回帰させていたのか。もっとも極端な事例は唐十郎のそれであっただろう。先にも触れたように、唐は、一九六二年にのちの「状況劇場」を設立し、李礼仙（李麗仙）とともにハプニング的な街頭劇を試みていった。それはやがてゲリラ活動の傾向を強くしていく。取り締まろうとする警察を出し抜いて観客を集めるその手法は、ほぼ「事件」という色彩が著しい。一九六五年の野外公演《**腰巻きお仙の百個の恥丘**》、《**腰巻きお仙・忘却編**》などの挑発を繰り返し、ついに一九六九年、新宿西口中央公園公演《**腰巻きお仙・振り袖火事の巻**》で逮捕に至る。警官隊との葛藤は、まさしく肉体の応援に他ならない。横尾忠則の報告によれば「遥か丘の上に立つ木の上に全裸の「お仙」[9]」。ここに至っては、台詞による内容の伝達などは全く考慮されていないというべきであろう（唐による台本テクストは様々に出版されてはいるが、それを読んでもよくわからないことの方が多い）。そもそも、木の上からではまず聞こえもしない。いや、聞こえていたとしてもその内容は蹂躙されているとせねばならない。筆者は二〇〇三年一二月に「劇団唐ゼミ☆[10]」の第六回公演《**鉛の心臓**》（作・監修、唐十郎）に接することが出来た（大阪、阿倍野ロクソドンタ）。有名な紅テントほどではないが小さな劇場である。その空間の中、俳優たちは、かなりの声量と速射砲のような早口で台詞を浴びせかけてくる。そして狭い舞台を駆け回る人物たち。もともと夢想を綴るかのような唐の台詞は、飽和する音量の中、「内容」を伝えることなど歯牙にもかけぬといった感があった。なるほど、これが唐十郎の演劇という「事件」であるかと理解しつつも、台詞テクストの蹂躙は著しかった（それでよいのだろう）。ここには、肉体と内容という二項は並立しない。肉体の専権がそこにあるばかりであった。

鈴木忠志と「早稲田小劇場」

これに対して、鈴木忠志の舞台は、独特の戦略と作法を具えていたといえよう。一九六一年、俳優・小野碩《ひろし》や劇作家・別役実と、新劇団自由舞台（のちの早稲田小劇場）を設立した鈴木は、別役作《**象**》で注目された。しかし、小論にとって興味深いのは、脚本家・別役実の脱退と、それを促した一九六八年の《**劇的なるものをめぐって**》（鈴木、構成・演出）で

9——横尾忠則「唐十郎・その演劇の事件性」『東京新聞』一九七八年一一月一〇日。

10——横浜国立大学在職中の（一九九七—二〇〇五年）唐十郎が、ゼミの一環として演劇公演を行い、それをもとに発足した劇団。

ある。ここでは唐ほど素朴に「肉体」に全権を与えてしまうことなく、既存の作品の（しかも西洋演劇の選択にも躊躇しない）名台詞の引用を俳優が、強烈な違和感の中に組み伏せてしまうという、「肉体による台詞の支配」が実現していた。この舞台は、精神病の兄妹が見せ物として、座敷牢の中で名舞台の名台詞を演じさせられるという額縁設定を採用している。したがって、本来の文脈とは異なった文脈に台詞は屈服させられることになる。これを鈴木は「本歌取り」と呼んだ（ここに至って、従来の意味での脚本は必要なくなり、別役もまた劇団を離れたのである）。さらに一九七〇年の《**劇的なるものをめぐってII――白石加代子ショウ**》は、座敷牢のなかで一人芝居を続ける心の病んだ女という同工異曲ではあるが、一人の（そして持ち前の存在感による、暴力的な支配にたけた）白石の覇権を描き出す点で、「本歌取り」の効果は著しい。[11] 扇田昭彦による評[12]を参照しよう。

『劇的なるものをめぐってII』は、ベケット『ゴドーを待ちながら』、鶴屋南北『桜姫東文章《あずまぶんしょう》』『隅田川花御所染《はなのごしょぞめ》』『阿国御前化粧鏡《おくにごぜんけしょうのすがたみ》』、泉鏡花「湯島の境内」『化銀杏《ばけいちょう》』等の断片をつづれ織りにし、これに都はるみや森新一の歌謡曲をからませた構成だった。しかも特異なのは、「白石加代子ショウ」という副題からも分かる通り、この舞台が徹底して一人の女優の存在を前面に押し出すために演出されたことだった。

そこでは、病んだ主人公は可憐な台詞の引用を見えない恋人にむかって唱えたりもする。しかし、その台詞たちは、垂れ流した糞尿の始末を娘にさせながら等の極端な状況のもと発せられ、強烈な機能転換を免れない。様々な断片たちは、例外なく異化をこうむることとなる。のちに鈴木忠志は次のように述べていた。「もし敢えてこの《**劇的なるものをめぐって**》の台本をいちばんよく書いた人間をあげるとすれば、ほかならぬ白石加代子、彼女の身体であったということになるだろう」[13]。鈴木の採用した様々な出自の台詞たちは、白石加代子の「肉体」よって制圧され、彼女の肉体のもとに統合されているといってよいだろう。

もちろん、小劇場運動としての鈴木忠志の活動もまた転換期を迎えざるを得ない。一九八九年に鈴木の劇団「SCOT」（一九八四年より改称）を白石は退団する。かつて数多の台詞を制圧した「肉体」の持ち主、白石加代子を失った鈴木はどうしたのか。鈴木は個人の肉体に限定されない、汎用性の高い「メソッド」を考案してしまうだろう。

一九九五年の第一回「シアター・オリンピクス」（アテネ）などで鈴木の国際的な名声は積み重なっていくが、「日本人の肉体」にこだわった出発点は既に希薄なものとなっていた。小劇場運動からの退場としても、そして国際的な知名度の確立としても決定的であったのは「鈴木メソッド」の提唱であろう。日本人の重心の低さを模倣する腰を下げた姿勢による演技「メソッド」は、鈴木の注目する「身体感覚」の重要性を強調すると同時に、固有の身体性との緊密なつながりを無効化し、まさしく万人のための「メソッド」にした点で、当初のマニフェストは失われたとみるべきだろう。

11――早稲田小劇場＋工作舎編『劇的なるものをめぐって――鈴木忠志とその世界』一九七七年、工作舎。
12――扇田昭彦、前掲書、五三頁。
13――早稲田小劇場＋工作舎編、前掲書、七七頁。

寺山修司と「肉体」

では、寺山修司はどうだったのか。唐や鈴木と比較して、俳優への要求と舞台づくりは保守的とさえ言える。たしかに、演劇実験室「天井棧敷」の設立当初から、寺山は「見世物演劇の復権」を唱えてはいた。異形の「肉体」への関心は確かに存在したのである。また〝奇優怪優侏儒巨人美少女等募集〟という団員募集[14]は、その字義から、俳優の演技経験よりも奇怪な「肉体の陳列」を目指すものと理解することも不可能ではない。そうして寺山は、近代が抑圧してきた支配関係やマイノリティを舞台にのせ観客を挑発するという主張のもと、**《青森県のせむし男》**、**《大山デブコの犯罪》**などを制作したのである（ともに一九六七年）。しかし、である。ここには伝えるべき明確な「内容」と物語が台詞に与えられていた。**《青森県のせむし男》**では次のとおりである。主家の跡取り息子に強姦されて、しかもその赤子を捨てられてしまった女中のマツは、やがて女主人の地位に納まる。そこに現れた背むしの男・松吉をマツは息子と知りながら犯してしまう。つかのま、自分の青春を踏みにじった主家に対する哀しい復讐劇と思わせて、「背むしの赤子は自ら殺した」とするマツの告白により、真相は宙づりとなってしまう。「かごめかごめ」の合唱がその余韻を受け継いでいく――。さらに、この物語を綴る台詞たちは、唐の舞台のように躍動感のための犠牲となることもなく、また鈴木の舞台のように屈折や異化が仕込まれているわけでもない。舞台伝統を信頼して実現した演劇ということが出来よう。

もちろん、寺山の演劇を伝統的と呼び続けることが出来ないこともまた事実である。やがて一九七五年の市街劇《ノック》の実験などが続くだろう。しかし、その実験が舞台と安全な傍観者＝観客の垣根を取り払うことを企図していたという点では、劇場という制度を疑わなかった小劇場運動とも一線を画するのである。

「肉体の陳列」というフレーズはたしかに魅力的かもしれない。とはいえ、一九七八年の《**身毒丸**》が「制作の在り方として」はたして「見世物演劇の復権」たり得たのかどうかには、慎重にあたらなくてはならないだろう。たしかに、この作品では見世物小屋や旅芸人たちが舞台に浮かび上がる。しかし、当時の熱狂から自由な今日では、説経節「信徳丸」（自分の子供を嫡子とするために、先妻の子に呪いをかける物語）と「愛護若」（継子への愛が報われないため、継子に罠を仕掛ける継母の物語）を綯い交ぜにした、むしろ「ウェルメイド」な作品という感触が著しい。ここにもまた、見世物をモチーフとした「物語」と、それを通じて伝えるべき「内容」が確実に存在しているのではないか。寺山自身の発言にもかかわらず、実際の劇場においては、異形の肉体の陳列だけでこの作品の舞台は維持されているわけではない。寺山の唱える「見世物演劇の復権」という思想と、見世物をモチーフとした演劇《**身毒丸**》は別の地点にある。

寺山修司《奴婢訓》

そして一九七八年の《**奴婢訓**》こそ、「肉体」の覇権を寺山に見出しがたい理由を与えて

14――機関誌「演劇実験室・天井棧敷」第二号（一九六七年六月一日号）。この募集に続けて、「「演技力」という神話位あてにならないものはない」とさえある。さらには「わが国では「演技法」などといった間違った俳優術だけが発達して、髭の方は見落とされてきた」ともされる。なにかレッテルを張りたい欲望を操るものではあるが、いまは、そう唱えながらも寺山が実際にどのような制作を行ったのかが検討されている。

くれるだろう。[15] 宮沢賢治の童話から名前を与えられた登場人物たちを擁するこの作品は、東北の豪農の屋敷で展開すると設定されている。下男・下女たちが作中で明かすところでは、主人は彼らによって殺害されてしまったらしい。それゆえに、くじ引きで決まった者が一時的に主人の「役」をつとめ、その間、他の使用人たちに無理難題をふっかけるというゲームが繰り返されていくのである。主人を戴かなくては生きていけない哀しい奴隷の道徳＝処世訓であろうか。さて、《**身毒丸**》が「見世物」をモチーフとするとき、この作品は〝ごっこ遊び〟、すなわち演劇行為をモチーフとしているといえよう。そればかりでなく、この作品はいくつもの演劇行為（台本たち）がメタ演劇的に絡まり、その現実化のためには、舞台は寺山の用意した台本を忠実に現実化しなくてはならない。どういうことか。

この屋敷にオッペルという名前の訪問者（根本豊が演じる）が、不在の主人の遺産相続人として訪れることから物語が動き始める。オッペルは、発話がオッペル自身の台詞の何番目であるかを口にするという癖を持っていた。

オッペル　もういっぺん言います。七番目の台詞です。
「わたしはこの邸の遺産相続人なのです」。

よだか　そんなことは弁護士か差配人に言いなさいよ。あたしゃ、ただの女中なんだ。

馬男　おれは胡麻油の馬男だ。手を、ふりあげず、怒鳴りも、せず、にらみつける。

オッペル　名乗らしていただけるならば、「わたくしという現象は、有機交流電燈の、ひとつの青い照明です」。
よだか　あんた、東北電力の寮とまちがえたんじゃないの？
馬男　笑わない。（と言って、笑う）

「七番目の台詞」がそうであるためには、俳優は自らの都合で寺山の台本を裏切ることが出来ない。そして寺山が与える慣例通りのト書き「（と言って、笑う）」以外に、読み上げられてしまうト書き「手を、ふりあげず、怒鳴りも、せず、にらみつける」があった。すでに指摘した〝ごっこ遊び〟のみならず、われわれには手にすることのできない、作中に潜む（ト書きまで読み上げられてしまう）〝台本〟の存在に気づかされるのである。メタ演劇的性格は、幾重にも《奴婢訓》に仕組まれているとせねばならない。

さて、この邸にはオッペルを追うジョバンニ刑事もやってくる（オッペルの退場の直後に、それまでオッペルを演じていた根本豊が再び舞台に現れジョバンニを名乗る）。われわれ観客は当初、根本豊による一人二役が寺山によって与えられたのかと了解するが、やがて下男たちの「誰か」が架空の〝台本〟の二役（オッペル役とジョバンニ役）を一人で演じていることが明らかとなるだろう。――このように、《奴婢訓》は台本という制度をめぐる物語であり、その現実化のためには、寺山の台本を最大限尊重して俳優は動かなくてはならない。つまり、俳優の肉体の方こそ、この演劇の成立のために台本によって徹底的に支配されねばならない

15――以降の記述は、註1に示した映像資料と『新劇』誌掲載の「上演台本」に基づく。

のである。

蜷川幸雄と寺山修司における肉体

寺山修司の制作と、小劇場運動の「肉体への回帰」の間の距離については、以上のように確認したとしよう。だが、蜷川幸雄と肉体の問題系について小論はなぜ触れてこなかったのか。蜷川幸雄と小劇場運動の関わりは、七〇年代の当時には〈異議申し立て〉の文脈、すなわち「政治劇」の分野に限定されていたように思われる。実際、《**真情あふるる軽薄さ**》にしても、国家体制による市民の管理という「内容」を率直に伝えるものであり、そこには鈴木や唐のような肉体へのこだわりは希薄であった。そのため、政治の季節の終焉とともに、政治的内容の訴求力の低下を招き、いち早く蜷川は転身せざるを得なかったということが出来るだろう。肉体への回帰と反抗する時代精神。この二つを兼ね備えた唐と鈴木とは、蜷川の立ち位置は微妙に異なっていた。しかし、である。

蜷川幸雄の「小劇場運動」への十全な貢献は事後的に発動したのではないか。つまり二〇〇〇年代以降に行われた七〇年代演劇の「再演」シリーズによって、蜷川は自らの「小劇場運動第一世代」としてのプロフィールを盤石なものにした。その活動の中で、寺山修司もまた、「小劇場運動のカリスマ」としての地位を強化していったのではないかと思われる。もちろん、二〇〇〇年代の蜷川の営為を待たずとも、蜷川も寺山も一般には「小劇場運動」の一員として勘定されてきたことは知っている。ただ、当時の活動と制作実践からは、なおも確証が得られない。次節では、冒頭に掲げた第二の課題、いかにして寺山に「小劇場運動のカリスマ」としてのレッテルを張るのかという問題に進むこととしよう。具体的には、蜷川幸雄にみられる「歴史化」の戦略と欲望を検討することとしよう。

第5節
あとから来た「小劇場運動」
蜷川幸雄による「歴史化」の戦略と文化的野心

《真情あふるる軽薄さ》

演出家・蜷川幸雄と脚本家・清水邦夫による「現代人劇場」の活動には「肉体への回帰」という点では述べるべきものが見当たらないことは先ほど述べた。語られる「内容」こそ七〇年代前後の政治的関心に彩られてはいても、その演出法も台本構築も新劇陣営のそれとさほど遠くない。そのような傾向もあって、一九六九年三月には清水の脚本《**狂人なおもて往生をとぐ**》は俳優座で上演され好評を得ていたのである。小論が注目する彼らの特質は、群衆処理の巧みさとカラフルなまでの視覚的効果、そして蜷川に特有の「再演癖」とでもいうべき性格である。

一九六九年九月、アートシアター新宿文化（映画館）で上映終了後に「現代人劇場」は《**真情あふるる軽薄さ**》を上演した。客席通路に並んだ人物たちが小競り合いをはじめ、一人の青年（蟹江敬三）が幕をあげろと叫ぶ。すると舞台には四〇人ほどの人間が行列を作っている。彼らは切符を買うために並んでいるらしいが、それも定かではない。この決して乱れない行列が国家体制と管理の象徴であることはやがて明らかになる。列から離れた人物を機動隊員の衣裳をつけた「整理員」が暴力で制圧するのである。動揺して乱れた行列は、我に返ったかのように元に戻る。蜷川演出の群衆処理の巧みさを示した最初の事例である。先の青年は、行列を乱そうと市民たちを挑発する。一人の女が青年に同調し、なんとか秩序を乱そうとするが空しい。やがて機動隊員そっくりの「整理員」らによって、青年は殺されてしまう。再び行列は乱れてしまう。しかし、「整理員」を統括する「中年男」の「行列を乱すな」という一喝でたちまち行列は回復する。市民たちは管理される畜群のようにも見える。――蜷川演出による、乱れては復旧する行列の見事な統制は、二〇〇一年の再演（**《真情あふるる軽薄さ2001》**（東京、シアターコクーン））でも確認できた。自然な形でバラバラに乱れるという統制は難しく、さらにそれが一瞬で元に戻るというのは、（元の地点に戻るためには、距離に応じてそれぞれに要求されるスピードが異なるため）一層困難である。蜷川のよい観客とは言えない筆者であるが、蜷川の上演記録に接するたびにその卓越した指導力には感銘を受ける。

しかし、一九六九年の華々しい登場の後、その後、唐十郎の脚本を得た**《盲導犬》**上演（一九七三年）など一定の関心は集めつつも、連合赤軍のリンチ事件・内ゲバ報道などを経て蜷川たちの「政治劇」の訴求力は低下していった。すでに「櫻社」と名称を改めた彼らの**《泣かないのか？泣かないのか1973年のために？》**（一九七三年）は、それまでの「政治劇」の名場面集じみたものとなっていった。後の戦略性はなくとも、ここには蜷川の「再演癖」の萌芽がみられるのではないか。

そして日生劇場での《**ロミオとジュリエット**》演出で蜷川は商業演劇へと転身した。ここで蜷川の面目を回復したのは、先の群衆の処理の巧みさであった。キャピュレット家とモンタギュー家の郎党の自然発生的な乱闘、そしてヴェローナ公の登場によって一瞬で整列する両家の面々。《**軽薄さ**》にみられた美質が賞賛を得たのである。同じく日生劇場で上演された《**王女メディア**》（一九七八年）は、平幹二朗による外題役と辻村ジュザブローによる、ギリシア悲劇題材でありながらカラフルかつアジア風の衣裳により話題を呼び、ギリシア・イタリアでの公演を経て、シェイクスピア・シリーズとともに、「世界のニナガワ」へと飛躍するきっかけとなった。そして寺山《**身毒丸**》の再演である。

蜷川幸雄による再演シリーズ

蜷川幸雄演出《**身毒丸**》（一九九五年、九七年、《**身毒丸ファイナル**》二〇〇二年）は、岸田理生による台本改訂を伴いつつ、蜷川の群衆の処理と色彩効果という「新しい文脈」へと寺山作品を移植した。見世物小屋の人々はむしろ後景に退き、百鬼夜行のように舞台を彩る群衆となった。また寺山自身による「天井棧敷」公演（一九七八年）のモノクロームな色彩（それゆえ結末の緋縮緬が映えるのではあるが）はカラフルな衣装とカクテルライトによって染め上げられ、家の象徴である印鑑のラインダンスが能天気なほど賑やかに演出されていた。「天井棧敷」版の撫子が結末で示す両義性（家の支配・せんさくの家督相続を目的とするのか、その家をなげうって「呪い殺した身毒」との母子相姦に身をゆだねるのか）は、「神も許さぬ母と子の」道行という単純な結末に変更されてはいるが、これも、蜷川流の〝わかりやすい〟舞台への適応ということができるだろう。では、ここにはいかなる戦略が、いかなる文化的野心があるのだろうか。

ここでの蜷川演出《**身毒丸**》のような再演であれ、はたまた映画化であれリメイク映画であれ、再制作一般が示す「アダプテーション様相」には、後世の文化的野心が伴っている。それは材源（source text）への敬意を、まずは「忠実」な再制作という形で明らかにすることである。「完全映画化」が宣伝の文句となる所以でもある。「この正典（canon）を忠実に再制作させていただきました」ということである。しかし、この敬意は文化的野心に裏打ちされている。「われわれの文化は、この作品を正典とみとめるのでしょう？　では、それを忠実になぞってみせた、わたしの再制作の文化的価値もお認めいただけますよね」。ただし、この戦略には注意事項がある。「忠実」さの極北は同一化であり、そのとき、後世は自らの作品性を空しくしてしまう。そこで、再制作は幾分かの差異を織り込みつつ、忠実と文化的価値への参入を狙うのである。蜷川演出《**身毒丸**》の場合はどうだったのか。結末の単純化という変更を伴いながらも物語は保存されている。そして、その変更さえ、（天井棧敷版《身毒丸》をはじめ、映画《ボクサー》（一九七七年）や《草迷宮》（一九七八年）など、寺山との共同脚本をつとめた）「岸田理生による台本改訂」によってオーソライズされるだろう。ナレーションに「天井棧敷」の蘭妖子を起用できたことも、同様に僥倖といえよう。しかも、その一方で、カラフルな視覚効果と群衆の処理により、まさしく蜷川の作家性を刻印して見せたのである。では、その野心はいかにかなえられたのか。

蜷川は、上に述べてきた制作を含む一連の「小劇場運動」作品の再演シリーズ、――二〇〇〇年《**唐版 瀧の白糸**》（脚本・唐十郎、一九七五年）、二〇〇一年《**真情あふるる軽薄さ2001**》を経て、二〇一〇年《**血は立ったまま眠っている**》（脚本・寺山修司、一九六〇年の劇団四季による舞台の新演出）の寄り道をしつつ、二〇一二年《**下谷万年町物語**》（脚本・唐十郎、一九八一年）にいたる「小劇場運動」作品群の再演・新演出――、これらを系統的に打ち出すことによって、蜷川自身を含めた小劇場運動の歴史化、いわば「古典化」を成し遂げようとしたのではないか。

繰り返し述べてきたように、「政治劇」を専らとした七〇年代当時の蜷川幸雄の活動は、「肉体」についてほとんど語るべきものを持ち合わせていなかった。そこで、この再演シリーズである。見世物小屋における近代の抑圧も家督の重圧（寺山《**身毒丸**》）も、上野の男娼の鬱屈（唐《**下谷万年町物語**》）も、行列に並ぶことで畜群として管理される市民（蜷川自身の《**真情あふるる軽薄さ**》）も、この一連の再演シリーズの中では後景に退き、カラフルな舞台美術と照明のなかで「蜷川演劇」の豪華絢爛（そして贅沢なマンネリズム）へと変換されていった。蜷川は、いまは他の反逆者たちと同じ色味と表情で「小劇場運動」というケースに自らを再収容していったといえよう。そして再演シリーズに組み込まれた寺山修司も同時に「小劇場運動」へと回収されていった。小論は蜷川による歴史化の完成をここにみる。どういうことか。「肉体への回帰」という要件を具えそこなっていた蜷川幸雄《**真情あふるる軽薄さ**》は、いま、小劇場運動第一世代の「古典」としての地位を再演行為を通じて調達した（このとき、一連の《**身毒丸**》再演の撫子役に起用された白石加代子の「肉体」が蜷川に与えた恩恵は計り知れないだろう）。そしてその横には寺山修司がいる。「肉体への回帰」に関して、寺山と蜷川が示してしまう〝食い足りなさ〟は、いまひっそりと抹消されたのである。

第6節 事後の生

寺山修司を自動的に「小劇場運動のカリスマ」と呼んでしまう動向に、一通りの留保をつけてみた。「作品を見る限り、そう簡単には頷けないな」という自らの素朴な感触を裏切らないようにしてみたつもりである。だからと言って、なんらかの対案を出すことも控えてみた。それは、いかなるレッテルをもすり抜けていく寺山修司という多面体に対する、小論なりの一つの決断でもあった。寺山修司というこの陽炎は、様々な視線と固定を逃れながら、さまざまな「事後の生」を生きていくのだろう。

第8章—表現

ナンセンスの時代と寺山修司

寺山修司『書を捨てよ、町へ出よう』1967年、芳賀書店

平芳幸浩
Yukihiro Hirayoshi
京都工芸繊維大学教授
一九六七年、大阪府生まれ。
美術史研究者。
京都大学大学院文学研究科
博士後期課程修了。博士(文学)。
専門は近現代美術。
著書に、『日本現代美術とマルセル・デュシャン』(思文閣出版、二〇一六年)、『マルセル・デュシャンとは何か』(河出書房新社、二〇一八年)など。

第1節 寺山修司と「無意味」

寺山修司はナンセンスなのか？

このような問いから始めるとすればいささか戸惑うことになるであろうか。寺山自身は詩人谷川俊太郎との往復書簡に基づくヴィデオ作品《ヴィデオ・レター 1982〜1983》の中で次のように語っている。

しかし／〝意味〟と〝無意味〟とが／きっぱり区別できない時代に／生きているからこそ／ぼくたちは／言葉にこだわってるのではないだろうか／ぼくには　どうも／生きるってことは／〝意味〟でも〝無意味〟でもなく／〝意味ありげ〟なことなんだ、って／いう／気がするんです。[1]

1——寺山修司『寺山修司イメージ図鑑』一九八六年、フィルムアート社、二七三頁。
引用箇所に先立つ箇所で寺山は言葉と意味の関係についてこうも発言している「谷川さん　言葉をたくさん／ありがとう／でも　問題は／言葉が〝文字〟でも／〝音声〟でもなく／〝意味〟だということです／〝意味〟だけが／滅びかけているもの／壊れかけているものを／建てなおすことができる」同書、二六九頁。

「意味」と「無意味」をめぐるこの問いあるいは寺山の立ち位置は、彼の表現そのものとも深く関わっている。寺山は「無意味」を希求しながら「無意味」の徹底には至らなかった。常にどこかで「意味」を召喚することで、「意味ありげ」に振る舞うことをやめなかった。このような寺山自身の「意味」と「無意味」との間の振幅をこれから見ていきたいと思う。寺山が残した作品たちの「意味」を正面から問うのではなく、寺山と「無意味」の関係性を問うてみたいのである。ではなぜ、作品の「意味」ではなく「無意味」が議論の俎上に載せられなければならないのか。それにはいくつかの理由がある。ひとつは、「無意味＝ナンセンス」を軸に据えることで、寺山の表現のあり方を芸術文化の時代的文脈に再配置することが可能となること。寺山はこれまで、孤高の表現者であり、若者の扇動者として時代の最先端を走り、実験映画の旗手であり、世界的に評価される前衛演劇の創始者として独自の表現スタイルを打ち立てた、と言われてきた。そこでは寺山の独自性が強調され、他の追随を許さない革命児としての寺山像が紡がれてきた。寺山自らも「職業、寺山修司」と語ることでそのようなイメージを補強してきた。確かに、当時のアングラ演劇や実験映画の文脈の中で寺山の活動を検討する議論もある。だがここでは、もう少し広い文脈つまり六〇年代の反芸術から七〇年代のナンセンスの極点である「ハナモゲラ」に至るまでの表現活動全体との関連性を視野に寺山の活動を捉え直したいのである。「ナンセンス」は当時の前衛を貫く符牒と見なしうるからである。

もうひとつは、「ナンセンス」の問題が常に「表現形式」あるいは「表現メディア」の問題と表裏一体となっていること。逆のベクトルで言えば、表現形式や表現メディアの根拠を徹底的に問い詰めていくと無意味へと至るからである。のちに詳述するが、ナンセンスが表現として自律しうるのであれば、それは表現そのものの存立理由（レゾンデートル）を自己批判的に問うことによってでしかない。このような形式的自己批判からナンセンスへという回路もまた当時の前衛表現全体に見出されるものである。その意味において、寺山の作品にしばしば見られる（一見ナンセンスとはかかわりのないような）形式破壊的な側面の問題を再検討することが可能となるからである。寺山が生きた時代はまぎれもなく「ナンセンス＝無意味」の時代だったのである。

第2節 六〇年代前衛における表現の様態

六〇年代前衛と寺山の類縁性

しばしば「反芸術」と総称される六〇年代前衛の面々と寺山との交流は限定的で、寺山自身も当時の反芸術動向についてほとんど言及することがなかったこともあり、六〇年代前衛と寺山の関係についてはまともに論じられてこなかった。彼自身は意図的に接触や言及を避けてきたのかもしれない。だが例えば、寺山主宰の天井棧敷の公演作品におけるいくつかの仕掛けは、反芸術の表現にも類似的に見られるものである。

周知の通り、日本における反芸術の動向は、東京都美術館で年に一回開催されていた「読売アンデパンダン展」という公募展を主な舞台として展開した。無資格無審査というアンデパンダン展の性質を利用して、若い芸術家たちが既存のジャンルにとらわれない様々な表現方法を試していった。劇薬や刃物、腐敗物などを素材にする者、展示室で干物を焼く者、床に寝る者などが出現し、カオス的な状況になった展覧会は一九六四年の第一六回開催直前に中止となった。展覧会中止以降も多くの作家たちが美術の制度を問い直すような挑発的な表現を繰り広げていった。[2]ここでは、高松次郎、赤瀬川原平、中西夏之が中心となって一九六三年に結成されたハイレッド・センターの活動[3]と天井桟敷の劇形式との類縁性を確認しておこう。

天井桟敷が一九六九年に初演した《**ガリガリ博士の犯罪**》から一九七二年の《**阿片戦争**》、一九七六年の《**疫病流行記**》へと続く「密室劇」という手法、つまり観客が密室に閉じ込められることによって劇全体を鑑賞することができない状態におかれながら、劇そのものは観客の状態と関係なく進行する、という仕掛けは、例えばハイレッド・センターの第一回展として一九六三年に新橋の内科画廊で開催された《**第五次ミキサー計画**》を想起させる。この展覧会でグループ・メンバーは、作品を設置するとともに、オープニング・イベントとして画廊を封鎖してしまう。そして展覧会最終日にクロージング・イベントとして密封された画廊を開けることで展覧会を終了したのである。つまり観客は展覧会会期中いっさい作品を鑑賞することはできないにもかかわらず、展覧会そのものは粛々と続いたのであった。天井桟敷の代表作で伝説的作品となった《**ノック**》(一九七五年)の「市街劇」という手法が、ハイレッド・センターをはじめとする反芸術の作家たちの街頭ゲリラ・パフォーマンスに呼応するものであることは間違いない。彼らは、様々な扮装で銀座を練り歩き、山手線のホームや車内で踊り始め、銀座の街頭を無断で清掃し、お茶の水のビルの上

2――読売アンデパンダン展の顛末については、赤瀬川原平『反芸術アンパン』一九九四年、ちくま文庫を参照。
3――ハイレッド・センターの活動詳細については、赤瀬川原平『東京ミキサー計画――ハイレッド・センター直接行動の記録』一九九四年、ちくま文庫を参照。

から身の回り品を投げ下ろした。洗濯バサミを顔中につけ大量の風船を浮かべて新橋駅前でパフォーマンスを行ったハイレッド・センターの《**第六次ミキサー計画**》（一九六三年）では公安が出動する騒ぎとなった。天井棧敷の《**観客席**》（一九七八年）のように観客が演者に仕立てられる仕掛けもまた、ハイレッド・センターの《**シェルタープラン**》（一九六四年）のようなパフォーマンスや、ハプニングと呼ばれた反芸術の作品に同様の趣向が見られる。《**シェルタープラン**》は東京・帝国ホテルの客室を借り、そこに複数名のゲストを招待し全身の撮影、採寸を行ったのちに体にぴったりと合った核シェルターを製作するというもので、部屋へのゲストの招き入れから写真撮影、採寸までをパフォーマンスにしたものである。シェルター購入者がパフォーマンスの演者となる仕掛けで、招待ゲストとは別に観客も招かれた。観客には天井棧敷の立ち上げに参加した横尾忠則も含まれていた。

六〇年代前衛と寺山の接点は限定的であると先に記したが、ハイレッド・センターのメンバーであった高松次郎が《**ガリガリ博士の犯罪**》の舞台美術を担当しているという事実は興味深い。観客が半分しか劇を観ることができない設定に呼応するように、高松は舞台上の家の欄干やテーブルなど全て半分しか完成させないという方法で制作した。高松が天井棧敷に招かれたのはハイレッド・センターが活動を停止したずっと後のことであったが、さらにその数年後には寺山が編集人を務める雑誌『地下演劇』に何度か登場している。その第五号で高松と対談した評論家の斎藤正治は、高松の創作の軌跡と天井棧敷の演劇の変容の並行性を見出し次のように述べている。

天井桟敷の芝居にしましたらね、高松さんが美術をやられた「ガリガリ博士の犯罪」あたりからですね、見えない部分で芝居を存在させたり、密室的演劇から飛び出し市街へ出ていったり、いってみれば点から線へというような芝居の構造上の、あるいは演劇の空間上のという面でだんだん変化が見えて来た。と同様に、「点」から「ひも」へ高松さんの場合も変って来ているように思えるんです。[4]

ここで言及される「点」と「ひも」は高松がハイレッド・センターに参加する前の六〇年代初頭から制作していた作品シリーズであり、その意味で天井桟敷のメンバーあるいはその周辺は、彼らが六〇年代前衛の展開を反復していることに自覚的であったようである。

アプロプリエーションとパロディ

ハイレッド・センターの活動と天井桟敷の公演を併置すると、ハイレッド・センターの方が寺山の実験より十年ほど早いのは事実である。しかしそのことで、前衛美術での実験を演劇に移しただけの二番煎じだとして寺山の先駆性を否定するつもりはない。意識しなければならないのは、ジャンルを超えた共通の指向性である。寺山が「先行」する事例を挙げておこう。

寺山がしばしば自作の短歌に中山草田男、西東三鬼らの俳句の一部を転用したことはよ

4――斎藤正治×高松次郎「対談 事物の演劇化 卵は爆発しうるか、否かをめぐっての2時間ラリー」『地下演劇』第5号、一九七二年八月、天井桟敷〈地下演劇〉発行委員会、三〇四頁。

く知られている。一九五四年の『チェホフ祭』で第二回短歌研究新人賞を受賞するが、受賞作品が盗用であると糾弾されることとなる。他者の言葉の盗用（アプロプリエーション）は、寺山の表現を考える上で重要なテーマであるが、引用が一種の「パロディ」としても考えうることをここでは指摘しておこう。つまり元来の使用状態で言葉が持っていた意味が脱臼され、別の文脈に再配置されることで明確な意味に固着することができず「意味ありげ」に意味と無意味の間を浮遊する状態になるわけである。そこでは「パロディ」として言葉の形式的側面が強調されることになる。アプロプリエーションという方法が美術で注目されるようになるのは、イギリスで一九六一年に始まるとされるポップ・アートの隆盛によってである。ポップ・アートの洗礼を受けた日本の反芸術の作家たちもアプロプリエーションを積極的に用いた。ハイレッド・センターのメンバーであった赤瀬川原平は、当時の千円札を貨幣制度の「パロディ」として（紙幣もひとつのオブジェである）模造し、通貨及証券模造取締法違反に問われて一九六五年に起訴されることとなった。盗用からパロディ、そして犯罪。寺山と六〇年代前衛は似たような回路を持っているのだ[5]。赤瀬川による千円札模造をめぐる裁判、俗にいう千円札裁判が美術の前衛に終焉をもたらしたとも言われる。赤瀬川自身が漫画と文学に軸足を移すのと並行して、パロディやナンセンスを武器として表現形式を問い直す手法は、美術とは別の表現領域で盛んに用いられるようになるのである。

パロディとしての『書を捨てよ、町へ出よう』

さて、寺山に戻ろう。天井桟敷結成前後の時期には寺山やその周辺の表現にナンセンスやパロディの感覚が現れている。劇団の第一回公演となった《**青森県のせむし男**》(一九六七年)の告知ポスター(第6章図4参照)は横尾忠則のデザインによるものだが、全体が新聞紙第一面のパロディになっており、上演の告知部分以外の場所は、英文和文取り交ぜた記事や広告類さらにはアメコミのページなどのパッチワークで構成されており、ご丁寧に公演と無関係な記事類は全て色ペンで抹消されている。公演告知という伝達内容(=意味)と無意味が錯綜したポスターとともに、天井棧敷はデヴューしたのであった。同年に芳賀書店から出版された寺山修司のエッセー集『書を捨てよ、町へ出よう』もまた、横尾忠則が装幀デザインを担当したものであったが、その編集方針は明確にナンセンスを指向していた。その帯文には次のように記されている。

〰〰〰〰〰〰

本書はまた〈意味不在〉の現代の要求に応えるべく従来の常識を破る画期的な編集を試みた。装幀・イラスト・本文レイアウトは先頃『ライフ』誌に大々的に紹介された鬼才横尾忠則…[6]

〰〰〰〰〰〰

常識破りの画期的な編集と謳う通り、通常の書籍とは大きく異なる編集とレイアウトが施されたものとなった。巻頭グラビアから始まり、「美術サロン　今年の名画」コーナーは連載のように番号が付され、中央部には綴じ込み付録がつき、執筆者は全て寺山に他なら

5——寺山自身は天井棧敷立ち上げまでポップ・アートを知らなかった、と九條今日子はのちに語っている。桑原茂夫・笹目浩之編『ジャパン・アヴァンギャルド——アングラ演劇傑作ポスター100』二〇〇四年、PARCO出版、九頁を参照。

6——寺山修司『書を捨てよ、町へ出よう』一九六七年、芳賀書店、帯文。

ないのだが、一編ごとにその名が反復記載されている（図1）。あちらこちらのページに囲み広告が掲載されるなど、基本的には刊行書籍の体裁ではなく雑誌形式に則った編集構成がなされている。週刊誌のグラビア・ヌードの代わりに横尾筆の裸婦像が掲出され、寺山のエッセーは文化・芸能・スポーツ・賭事・風俗といった具合に週刊誌的にブロック化されて編纂されている。グラビア写真を含む週刊誌というメディアが当時世間を賑わせていたという事実は確認しておく必要があるだろう。一九六四年には『平凡パンチ』が創刊され、『書を捨てよ、町へ出よう』刊行前年の六六年には『週刊プレイボーイ』が創刊されている。その年、『平凡パンチ』は発行部数百万部を突破していた。『書を捨てよ、町へ出よう』の編集方針は明らかにこれらの週刊誌の構成をパロディ的に引用したものであった。

そのパロディ的性格、ナンセンスへの指向を補強しているのは、書籍内に挿入されるエッセー以外の要素群である。様々な媒体からコラージュされた画像は文章の内容とは関係がなく、ストーリーも展開もないパラパラ漫画がページ上部を飾っている。隆鼻術や包茎手術の広告は全て虚偽広告で、若者向け広告らしいイメージがパロディ的に反復されるだけである[7]。

寺山のエッセーの主題も、競馬、ボクシング、歌謡曲、漫画、プロレス、ジャズ、恋愛、競輪、野球、性風俗など[8]千差万別である。それらは先述したようにいくつかのブロックに分けられて編集されており、読者の興味や関心に従ってランダムに読むことができるように紹介されている。今日『書を捨てよ、町へ出よう』というタイトルで知られている寺山による若者へのアジテーション的傾向は実は強くない。読者に訴えかける寺山の意図は明

図1｜『書を捨てよ、町へ出よう』の目次

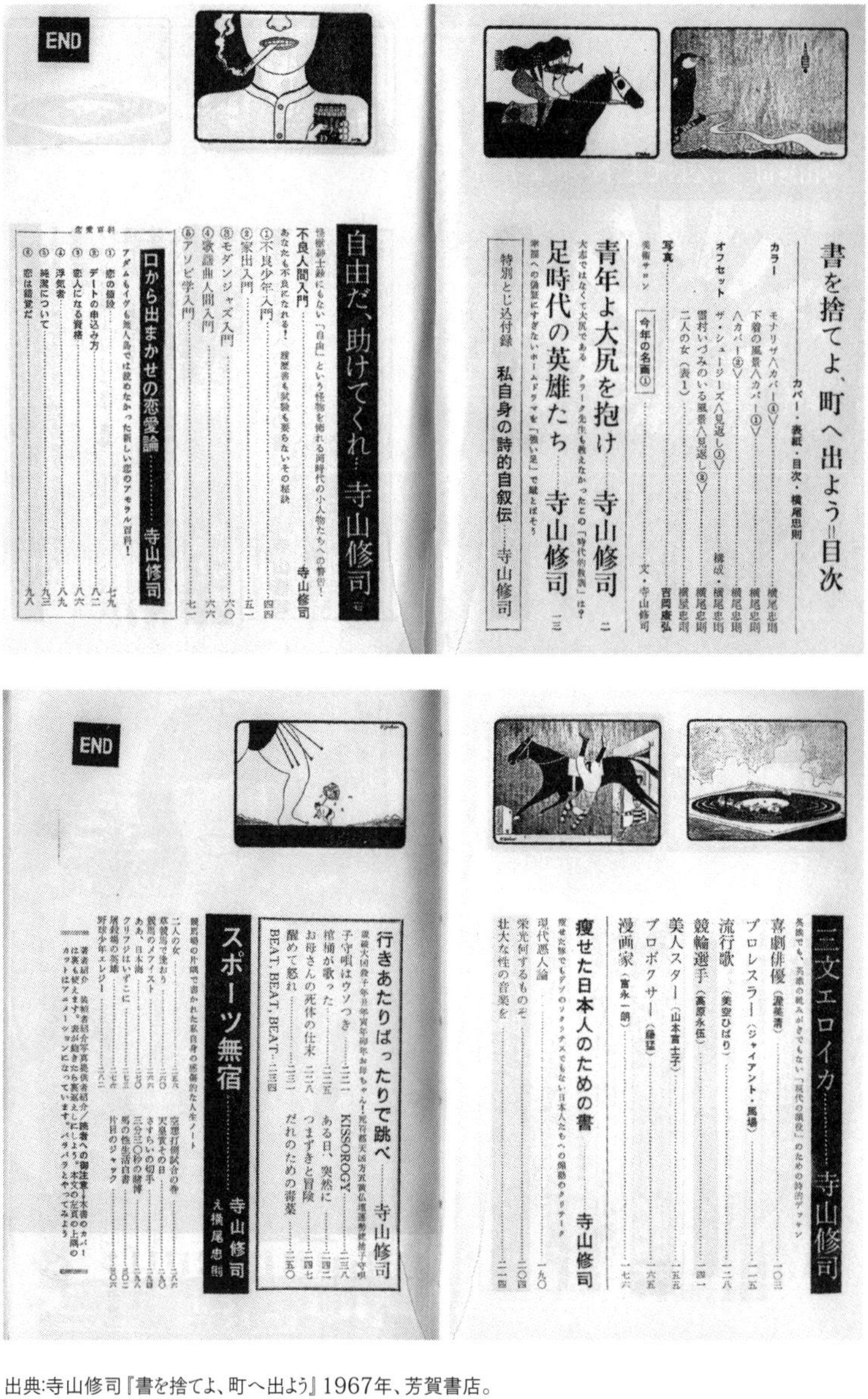

出典:寺山修司『書を捨てよ、町へ出よう』1967年、芳賀書店。

示されず、詩的自叙伝やグラビア自叙伝も含めて広い意味での寺山修司の自己紹介といったおもむきであり、彼の離散的関心の集合体となっている。つまりエッセーの主題の多彩さもまた雑誌的な性格を帯びていると言えるのだ。

無意味なタイトル

さらにもう一つこの書籍＝雑誌にまつわるナンセンス的パロディ的性質を記しておこう。それは、この書籍のタイトルそのものである。『書を捨てよ、町へ出よう』というタイトルもまた寺山お得意の引用によるものである。これがアンドレ・ジイドの『地の糧』の緒言からの借用であることを寺山は『続・書を捨てよ、町へ出よう』で告白している。

> 私は「書を捨てよ、町へ出よう」というジイドのことばを私自身へのアジテーションとした。そして、しだいに読まなくなった。
> 読まなくなっても、言葉への執着がなかなか抜けなくて、まだまだ体を使って頭を動かすにはいたっていない。[9]

芳賀書店版の『書を捨てよ、町へ出よう』においては、「家出入門」というタイトルのエッセーはあるものの、若者を町へと誘う扇動的な文章は見当たらない。つまり、書籍のタイトルと内容は共通した「意味」を担ってはいないのである。借用されたフレーズは、明確な意味に帰着することなく無意味さを背負いながら「意味ありげ」に漂うだけなのだ。

この芳賀書店版『書を捨てよ、町へ出よう』が、ナンセンス指向やパロディ的性格を示す手法として雑誌的編集を採用している点には改めて注目しておかなければならない。それはつまり、書籍あるいは雑誌という「文字印刷メディア」の形式的特性を意識化することでもあるからだ。寺山のエッセーの集合体が通常の書籍の形状で手元にあれば、読者はそれが言葉の連なりであるよりも先に文字が印刷された紙の束が裁断され綴じられた物体であることをほとんど気にかけない。通常、そのようなことを気にかけていれば「読書」などできないからだ。紙の上のインクのシミを言葉あるいは文章、つまりある種の〈意味の塊〉として読ませる／読むこととはいったいいかなることなのか。筆者の意図はどのようにして形になるのか、そしていかなる形を通して読者の解釈は生起するのか。意味の生成と形式との関係が、アプロプリエーションやパロディという無意味的行為を通過することで前景化されるのである。

《トマトケチャップ皇帝》におけるナンセンス

寺山のナンセンスへの意識は他の作品にも現れている。たとえば映画《トマトケチャップ皇帝》（一九七一年）の一シーンの説明では次のように言及している。

7——なお、一九七二年に同じ芳賀書店から刊行された『続・書を捨てよ、町へ出よう』も雑誌的編集構成を踏襲しており、紙面余白に読者（と想定される）の名前と住所が記載され、目次は（今でも文芸誌等で用いられている）折り込み式になっており、学級新聞をパロディにしたセクションも含まれた。

8——各ブロックは「不良人間入門」「口から出まかせの恋愛論」「三文エロイカ」「痩せた日本人のための書」「行きあたりばったりで跳べ」「スポーツ無宿」などの名称が与えられている。

9——寺山修司『続・書を捨てよ町へ出よう』一九七二年、芳賀書店、二八四頁。

次のシーンは子ども軍の兵舎の乱雑に積まれた椅子、廃品、ビクターの犬などにとりかこまれて捕虜の成人の全裸の女性が荒縄で縛られ、そばで子どもの下士官が体操をしている場面です。ナンセンスであって風刺ではありません。これを演じた女優はなぜか突然に屈辱感にとらわれて、翌日からの出演を辞退しました。縛られる映画は平気だが〝子どもに縛られる〟のはいやだったのです。[10]

《トマトケチャップ皇帝》は子どもが大人たちの抑圧に反抗し「大人狩り」を繰り広げていく物語であるが、バルチュスやデルヴォーの絵画、緊縛逆さ吊りや屠殺場の写真、尻打ち折檻のイラストなど、エロスとタナトスが混在するイメージ群のコラージュ的な操作によってシークエンスが作り上げられていった映画である。大人社会への反抗、若者（子どども）による価値転覆といった物語骨子は、『家出のすすめ』や映画**《書を捨てよ町へ出よう》**（一九七一年）とも共通するメッセージ性を持つが、寺山自身はこの作品を一種のジョークとも捉えていたようである。

この作品のテーマである〝大人狩り〟を、政治的言語の不老性へのアイロニーととるか、空虚なユートピア論ととるかは観客しだいだが、この映画は〝喜劇〟と呼ぶよりは、むしろ〝冗談〟のようなものである。と言えるだろう。[11]

第3節 無意味から意味へ

『書を捨てよ、町へ出よう』の改訂

さて、われわれが芳賀書店版の『書を捨てよ、町へ出よう』にここまで拘泥してきたのは、一九七〇年代中頃に寺山がこの形式を否定することになるからである。芳賀書店版『書を捨てよ、町へ出よう』は姿を消すのである。

一九七二年から寺山修司の著作が順次、角川文庫から刊行されることになる。その段階で『書を捨てよ、町へ出よう』の内容は大きく改訂される。周知の通り、『書を捨てよ、町へ出よう』は書籍メディアにとどまらず多様に展開するプロジェクトとなっていった。その過程でクローズアップされる主題が変化していくのである。芳賀書店版の書籍が出版された翌年の一九六八年に初演された舞台《ハイティーン詩集――書を捨てよ町へ出よう》では、書籍版の中盤に差し込まれた中高生による詩が大きく取り上げられ、実際に学生た

10――寺山『寺山修司イメージ図鑑』六八頁。
11――寺山『寺山修司イメージ図鑑』三一頁。

ちが舞台で詩の朗読を行なった。一九七一年に公開された映画《**書を捨てよ町へ出よう**》は、貧しい家庭に暮らす青年が抑圧的な社会からの脱出を夢みる姿をミュージカル仕立てで描き出した。さらにその翌年には、芳賀書店から『続　書を捨てよ町へ出よう』が刊行され、正編・続編の二冊に収められたエッセーを中心に再編集されたものが一九七五年刊行の角川文庫版『書を捨てよ、町へ出よう』ということになる。

雑誌から書籍へ

角川文庫版の最大の特徴は、芳賀書店版が強く打ち出した雑誌的編集とレイアウト構成を完全に放棄したということにある。寺山のテクストのみが、平板に淡々と並べられるだけの構成で、横尾忠則他のデザイナーによる関与は一切排除された[12]。エッセーの順序も大幅に並べ替えがなされ、四章立てに再構成される。第一章の章題は書籍タイトルと同じく「書を捨てよ、町へ出よう」で、中高年の大人に対抗する若者の姿そして若者による覇権転覆への鼓舞がなされる。第二章「きみもヤクザになれる」と第四章「不良少年入門」ではアウトローへの憧憬が描き出され、社会制度や家制度からの逸脱が奨励される。その間に挟まれる第三章は「ハイティーン詩集」で、舞台の中心ともなった若者たちから寄せられた詩の数々が掲載された。

この角川文庫版『書を捨てよ、町へ出よう』の構成こそが、二〇二三年現在で流通している『書を捨てよ、町へ出よう』のイメージそのものであり、『家出のすすめ』（初版時のタイトルは『現代の青春論――家族たち　けものたち』）との連続性を形成し、寺山からの若者への強いメッセージを一貫して打ち出すよう整序し直されているのである。寺山が、ジイドの緒言の引用から始まった『書を捨てよ、町へ出よう』を舞台と映画を経由させることで、離散的なものであった自身の関心を家出論やアウトロー論といった若者へのメッセージに収斂させ、無意味な編集を剝ぎ取ることで意味を顕在化させようとしていったことは明らかである。[13]

この方向性の転換は、芳賀書店版から角川文庫版へ移植されなかったテクスト群の傾向を確認することでより鮮明になる。角川文庫版から脱落したエッセーの大半は渥美清や山本富士子、藤猛などの固有名を持つ対象を扱ったテクストであった。有名人とりわけ芸能人を対象とするテクストは、いわば時事ネタ的エッセーであり、その意味において週刊誌的色合いが強いものである。それゆえに雑誌的編集構成が抹消されるのに併せてこれらのエッセーが脱落したということができるであろう。

肉体論の消滅

脱落したエッセーにはまた別の共通項がある。芳賀書店版のエッセーは寺山の離散的関心の集合体であると先に記したが、ジャンルを横断しつつその関心の根底に見出されるの

12——角川文庫版全体の表紙イラストは林静一が担当した。

13——芳賀書店版のような編集とレイアウト構成を放棄した要因は複数あったであろう。横尾が東由多加と喧嘩して天井桟敷から離脱したため、横尾色を抹消したということも考えられるが、芳賀書店版の編集方針に寺山が関与していなかったとも考え難い。寺山の書籍を担当した白石征は寺山が「タイトルから構成、それにブックイメージをとても大切にしていましたね。原稿にはレイアウト的なこまかい指示が書き込まれていたし、表紙だとか装幀を誰に依頼するかは、いつも打ち合わせをして決めることにしていました」と語っている。白石征「寺山さんの底にある悲しみの原風景」『文藝別冊　寺山修司の時代　なぜいつも新しいのか』二〇〇九年、河出書房新社、一一五頁を参照。

は、肉体論とりわけ偏った肉体のあり方への眼差しである。例えば寺山は渥美清の顔を「肉で作った下駄」と呼び、山本富士子を「明治時代的顔」と形容する。ジャイアント馬場の巨大さを論じ、林家三平の肉体を「一点豪華主義」であると主張する。家出論、アウトロー論を中心とする現行の『書を捨てよ、町へ出よう』と異なり、芳賀書店版を貫いているテーマは肉体論なのであり、この時点での寺山の関心は**《青森県のせむし男》**や**《大山デブコの犯罪》**のような見世物小屋的肉体への関心とつながるものであったとも言える。角川文庫版に再録された「少年よ大尻を抱け」や「足時代の英雄たち」といったエッセーも、肉体を強調するほかのテクストと連続して読まれることで、主題は若者の反社会的エネルギーの問題から「タマの大きさ」と男の魅力の関係へとシフトしていく。先に触れた無意味な広告の数々が、隆鼻術やインポ、包茎などの肉体の性的魅力と関連するものばかりであったことを思い出しておかねばならない。

書籍から演劇、映画へと展開するプロジェクトとしての『書を捨てよ、町へ出よう』は、無意味な編集から始まり、若者への反権力的・反大人的メッセージという意味へと回転し、メディア形式への言及（雑誌のパロディ、画面から観客への呼びかけなど）の色合いを薄めていくことで最終的に「読み物」へと帰着する。[14] このような「無意味」と「意味」をめぐる寺山の振る舞いは、まさしく同時期（六〇年代後半から七〇年代前半）の「無意味」の形式的先鋭化に対して彼が自覚的に取った距離と見なすことができる。

第4節

言語遊戯としてのハナモゲラ

ナンセンスの時代としての七〇年代

英文学者の高橋康也が『ノンセンス大全』という書籍を刊行するほどに[15]、一九七〇年代に入ると文化のさまざまな局面でナンセンスがクローズアップされることになっていく。文学では主にSF小説を舞台として、物語の登場人物が文字上だけの虚構的存在でしかないことに自覚的に振る舞うナンセンスなメタ文学が多く現れ、漫画では赤塚不二夫や谷岡ヤスジに代表されるようなギャグ漫画が隆盛を極めた。当時のナンセンスな表現の特徴は、馬鹿げた遊戯的振る舞いをしながら、一方でメディアの形式的制度を炙り出す行為ともなっ

14――この転換と並行するように天井桟敷の印刷物での表現にも変化が現れる。横尾忠則が《青森県のせむし男》のポスターで行った新聞紙面の引用は、東由多加が担当した『天井桟敷新聞』に形式的には継承されるが、構成面・内容面とも常識的に公演告知や劇団員募集などを行うばかりでパロディ的要素は全く影を潜めてしまう。アングラの雰囲気は漂わせながらも、真面目な新聞になってしまったのである。だが、天井桟敷がパロディとは無縁の真面目な集団と化したわけではない。ナンセンスとは親和性の高い人々は大勢いた。デザインなどで天井桟敷とかかわった萩原朔美や榎本了壱が一九七五年に読者投稿によるパロディ雑誌の『ビックリハウス』を立ち上げたことは付言しておいてもいいであろう。

15――高橋康也『ノンセンス大全』一九七七年、晶文社。

ていたことである。そうすることで、意味が生成する暗黙の前提が崩れていくことになる。ギャグ漫画でナンセンスを徹底化しようとしていた赤塚不二夫は寺山演劇に同じ指向性を感じ取っていた。「賛成の反対」や「これはウソなのだが本当なのだ」という『天才バカボン』に出てくるフレーズが、読者の判断を停止させる点において寺山的であると述べた赤塚は次のように言う。

寺山修司って街頭演劇とか、突然役者たちが人のアパートを訪問して、芝居を演ずるとか、かなりバカボン的ナンセンスをやっていたね。[16]

寺山はギャグ漫画の形式的特性についてはついぞ語ることはなかったが[17]、ナンセンス畑の人間には寺山による表現形式への挑戦もまたナンセンスなものと映っていたのである。

ハナモゲラとは何か

さて、寺山が拘泥し続けた言語のレベルでナンセンスが最も先鋭化した形態として「ハナモゲラ」があった。ハナモゲラはジャズピアニストの山下洋輔が一九七二年に出した「はじめての日本語を聴いた外人の耳に聴こえる日本語の物真似」というアイデアに始まり、それをタモリが展開し、七六年に坂田明が口走った出鱈目な言葉をもって誕生とする。その確立は七〇年代後半となるが、源流として大橋巨泉がパイロット万年筆のCMで口にした台詞「みじかびの、きゃぷりてぃとれば、すぎちょびれ、すぎかきすらの、はっぱふみふみ」などが挙げられることもある。[18] 筒井康隆、赤瀬川原平、赤塚不二夫らも参加し、ハナモゲラによる短歌や落語、文学作品まで制作された。ハナモゲラの詳細を語るときりがないので、ここではタモリと坂田明によるハナモゲラ語での対談のごく一部を例として紹介しておこう。

〜〜〜〜〜〜〜

タモリ：ヘメラミネロって言いたいわけだよな。
坂　田：コロモシタひとつの状況がムネハレシするんだ。
タモリ：そりゃ大賛成だな。ムレロケッてるしね。[19]

〜〜〜〜〜〜〜

ハナモゲラは「言葉の持つ意味性に対する、カリカチュアであり、元来ナンセンスなものである」[20]が、同時に「答えのない謎なぞが仕掛けられたことによって、謎なぞには必ず答えがなければならないという犯すべからざるルールが破壊され、そのことによってつま

16――赤塚不二夫『ギャグ・マンガのヒミツなのだ!』二〇一八年、河出文庫、一三六頁。

17――芳賀書店版の『書を捨てよ、町へ出よう』には富永一朗をはじめいくつかの漫画を論じたエッセーが掲載されている。だが、そこで語られるのは登場人物の属性であり、漫画の形式についてではない。寺山は力石徹の葬儀を開き『ガロ』を愛読していたことが知られているが、漫画を評価していなかったという証言もある。高取英×安藤礼二「「私」という実験は終わらない」前掲書『文藝別冊　寺山修司の時代』一五頁を参照。

18――ジャズ好きでテレビの脚本を書き、競馬評論家でもあるなど、大橋巨泉は寺山と共通点も多い。大橋の方が一年早く生まれ、学部は異なるが早稲田大学の同窓である。東京生まれの都会人を体現する大橋巨泉と青森出身であることに拘った寺山との同時代性／異文化性については改めて考察する必要があるであろう。

19――「左右柱対談　タモリVS坂田明」筒井康隆・山下洋輔・タモリ・赤塚不二夫・赤瀬川原平・奥成達『定本ハナモゲラの研究』一九七九年、講談社。ハナモゲラを馴染みやすいネタにタモリが展開させたものが「四カ国語麻雀」であり、山下洋輔の当初のアイデアを反転させたものがテレビ番組『タモリ倶楽部』のコーナー「空耳アワー」である。

20――坂草子（こと坂田明）「ハナモゲラ歌唱法」筒井ほか『定本ハナモゲラの研究』一一四頁。

りは、既成の秩序を支えている論理とか意味の体系、規則といったものが根こそぎひっくり返されてしまったのである、ということもできる」[21]ものである。筒井康隆はハナモゲラの形式的完結性について「もはや虚構が単に現実のモデルであることから脱却し、内容的にも、日常には使われていない虚構の言語としてのハナモゲラによって虚構としての主体性を持った[22]」と述べる。

言語遊戯と寺山の距離

ナンセンスな言語遊戯による論理的秩序の破壊というハナモゲラの特性は、二〇世紀初頭のダダにおける音響詩の反復に過ぎず、その意味において実効性を持たないという批判もあるであろう。意味体系へのハナモゲラ的対抗の是非をここで問うことはしないが、明らかなのは、寺山自身はこのような言語遊戯へと接近することはなかったということである。岸田理生が言うように《**奴婢訓**》が「虚構と現実の「間」」「から一歩踏み出し、内部の空白をあらわし出すことによって」「「意味とは何か」という始原的な問いを提出した[23]」のであったとしても、劇中で取り交わされる台詞は、内容的にどれほど非生産的であったとしても、少なくともその内容を伝達できる程度には意味を保った言語によって構成されていた。天井桟敷の立ち上げ時に身体の奇形性に強い関心を示しそれを武器ともしたが、言葉の奇形化には無関心であった。パロディやアプロプリエーションを駆使してナンセンスに接近しながらも、寺山はその極北へと至ろうとはしなかったようだ[24]。これは、先に見た『書を捨てよ、町へ出よう』の編集方針の転換とも合致するであろう。そこにあるのは寺山のナンセンス理解と六〇年代前衛からハナモゲラへと至るナンセンス理解との軸性の差異によるものである。

21——上杉清文「不思議の国のハナモゲラ」筒井ほか『定本ハナモゲラの研究』一七八頁。
22——筒井康隆「序・虚構におけるハナモゲラの自己完結性」筒井ほか『定本ハナモゲラの研究』六頁。
23——西堂行人『[証言]日本のアングラ　演劇革命の旗手たち』二〇一五年、作品社、六六頁。
24——逆に、ハナモゲラを実践していた時期のタモリが寺山の物真似をして話題となったことは興味深い。タモリは寺山の独特な口調を真似て、意味ありげに意味のないことをひたすら話す寺山を見事に演じ喝采をさらった。寺山はある時《観客席》の公演冒頭で舞台に登場し「僕はタモリのように、寺山修司をうまく演じることができるかどうかわからない」と語ったという逸話も残っている。石田和男『寺山修司を待ちながら——時代を挑発し続けた男の文化圏』二〇二〇年、言視舎、六六頁を参照。

第5節 寺山修司にとってのナンセンス

ナンセンスと価値倒錯

　寺山がナンセンスについて語った文章はほとんどないが、雑誌『美術手帖』に寄せた書評「もう一つの現実」において珍しく彼のナンセンス観が開陳されている。[25] この書評は美術評論家の中原佑介が著した『ナンセンス芸術論』[26] を論じたものだが、その中で寺山は、中原が言うナンセンスな芸術作品に対比させて、自身がナンセンスだと考える例を挙げている。それらは、例えばミッキーマウスの自慰行為やポパイとオリーヴの性行為を描いた漫画であったり、「浜尾実の放屁」や「聖心女子大学生における「尻の拭き方二〇〇」」といったものである。そこに通底しているのは、日常の秩序で隠されたエロスの顕現であり、常識を嘲笑する下品さである。エロスとタナトス、性と死は、エロ・グロ・ナンセンスと呼称されてきたことからもわかるように、ナンセンスと不可分である。その意味で、寺山のナンセンス理解は「常識的」とも言えるが、重要なのはそれら寺山的ナンセンスが常に「価値の倒錯」のためにあり、「毒性」と「反社会性」を有しているという点である。寺山は次のように語る。

ナンセンスは、次第に「もう一つの世界状態」のために、日常の法則と向きあい、そこで暴力的なまでの抑圧から解放行為を誘発する。センスによって維持されてきた支配階級のモラルと「人間を労働の道具」化してきた文明社会にたいして、ナンセンスが生成するもう一つのモラル、「想像力が権力を奪う」エネルギーが、どのような効用をもつか、本書はきわめて遠まわりをしながら語ってゆく。

ハナモゲラをひとつの極点とする言語的ナンセンスは、言語遊戯によって「論理とか意味の体系、規則といったもの」を「根こそぎひっくり返」すが、そのことによって新たな論理や意味の体系を作り出しはしない。ナンセンスとは、意味を無意味化することで解釈を宙吊りにして判断保留の状態にとどめる手段であって、解は無限に提出されるが、どれか一つが「正しい」というわけではない。つまりナンセンスは水平的に横軸に沿って拡散していくベクトルを持っているのであり、それゆえに永遠に意味（＝解釈、正答）に到達せず無意味なまま漂うことができるのだ。

25――寺山修司「もう一つの現実」『美術手帖』一九七三年二月号、美術出版社、一九一―三頁。以下の寺山の引用は全てこのテクストによる。
26――中原佑介『ナンセンス芸術論』一九七二年、フィルムアート社。

水平的ナンセンスと垂直的ナンセンス

一方で、寺山のナンセンスは、先の引用からもわかるように、既成のモラルを転覆して「もう一つのモラル」を到来させることが希求されている。つまり、権力・抑圧者・既成概念・常識が、被抑圧者による非常識によって倒錯的に置き換えられなければならないのだ。別の言い方をしてみよう。例えば、マルセル・デュシャンの《泉》(一九一七年)が寺山にとって価値ある芸術作品だとするならば、それは男性用小便器でしかない《泉》が、芸術の既成概念を嘲笑し、最も下卑た商品によって芸術の価値を転倒させるからに他ならない。一方で、七〇年代のナンセンスの展開が指し示しているのは、《泉》を芸術作品が「模型化」したものとして、つまり展示台に載った立体物、作者による署名と年記、展覧会という作品鑑賞システム内での出来事、白い優美な曲線を持つ造形物……という具合に芸術作品の制度的要素を持ちながら、手仕事(アルスars)ではないという一点において偽物であることでもって芸術の形式を先鋭化し、芸術の定義(=意味づけ)を無効にしてしまっている、という無意味の奈落である。ここに寺山とナンセンスとの断絶が横たわっているのであり、彼が無意味から意味へと回帰して「意味ありげ」に振る舞い続ける根源的な理由があるのではないだろうか。

引用のパッチワークを是としていた寺山は言葉の「意味」をどれほど信じていたのであろう。意味とはすべからく捏造であると達観した上でそれでもなお「意味ありげ」に振る舞うことで、極限で「意味なし」を突きつける言語のあり方を示そうとしていたのだとすれば、寺山はひとりの革命児ではなく、無限に並列化される複数の寺山として開かれていくであろう。だが、そのように彼が解されたことは残念ながらなかったのである。

第8章
ナンセンスの時代と寺山修司

おわりに

編者の伊藤徹さんとお会いしたのは、とある公的な委員会の場のことであった。四谷の麹町界隈で月一回開かれていたその委員会は、終了後にほぼ必ず懇親会（第二の会議）なるものが開かれ、同じ哲学思想分野の委員でもあった伊藤さんと檜垣は、ヨーロッパ思想を研究対象としつつも、日本の思想に強く興味を持っている点で一致し、すぐによく知る間柄となった。それで、せっかく知りあいになったのだし、どうせなら研究会でもやりましょうよ、といった話になったことを覚えている。もとより伊藤さんは京都学派の末裔？で、しかしながらハイデガー研究から宗旨替えをされ、柳宗悦など日本近代思想にかんする本を数冊だされていた。檜垣の方は京都には一切関係がないにもかかわらず京都学派を軸にいくつかの本や文章を書く機会があり、また吉本隆明など日本近代以降の思想にも関心をもっていた。

それであるとき、寺山修司で何か研究会をしないかと伊藤さんの方からはなしをもちかけられ、これはいい機会だとおもっておひきうけしたのがこの本のことの発端であったとおもう。寺山は、担当部分でも記したように、私にとっては近いようで遠い存在であり、自分が大学に入る頃に亡くなってしまったこともあり、彼の派手な活動期には接することなかった。とはいえ古典となるにはまだ生々しく、アングラ劇団的なものも自分の時代にはもう下火であったため、どうにも「直接体験」といったものが乏しい。『書を捨てよ、町へ出よう』や『家出のすすめ』は、やはり自分にとって「上世代」のはなしで、ある意味で寺山が時代のアクチュアルさに深くかかわっていたがゆえに、どうにも「世代差」を感じさせる存在だったのである。とはいえ、どこかで寺山についてまとまって考える機会があればいいなとはおもっていた。

だが、そんな私にも唯一の寺山直接体験はある。それは競馬である。すでに記したことだが、一九八〇年代後半以降、オグリキャップを契機に日本競馬が史上最高のバブル景気に向かっていったとき、寺山の競馬文書は一気に再編集され出版されている。死後七、八年が経過し、ある意味で散逸を恐れた寺山マニアの編集者がいたからかもしれない。しかし寺山の競馬にかんする各種の（雑多な）文章は、私がダイレクトには知らない時代の、しかし日本競馬そのもののもつ特殊な「情動」を非常によく伝えてくれるものであった。私は日本競馬の歴史は寺山から学んだ。

その後、伊藤さんとともに、三沢の寺山修司記念館を訪ねる機会をえた。短歌や演劇、映画といったジャンルとともに競馬はひとつのテレビ展示ブースをなしており、かなり蒐集したはずの私の蔵書を超えた「寺山の競馬本」が棚一面に所収されていていた。改めて寺山と日本競馬のかかわりの強さについて考えるべきだなと感じたことを覚えている。

結局新型コロナの流行期とかさなったため、研究会は完全にZoom開催になり、考えてみると相互に一度も直に顔をあわせないままでおこなわれたが、そこでは本書に執筆されている方々それぞれの寺山へのかかわりをさまざまに知ることができた。私としては寺山が、ミシェル・フーコーの七八年の来日時に対談している三人の日本人思想家・作家のひとり（ほかは吉本隆明と、招へいの中心であった渡辺守章である）であること、あるいは映画監督相米慎二が寺山の『草迷宮』の助監督であり、その影響が相米映画にもみられることなど、「搦め手」ではあるがいくつかの書きたい主題をもってはいるものの、今回はそれを展開することは断念せざるをえなかった。寺山は、いまはほぼ歴史研究の対象になっているだろうし、彼の諧謔や社会へのあえて「猥雑」ともいえる振る舞いは、このネオリベラリズムの時代においていささか「浮いた」ものになるかもしれない。それでもマルチタレントとしかいいようのない彼の脱領域的な姿勢が、この時代だからこそ求められることもあるだろう。私にとっても寺山を含む戦後の日本の、現在ならサブカルチュアー的ともいえるアングラ的な振る舞いについてのあれこれを、今後考えていくひとつのきっかけになった。本書はそうした研究会の成果物であり、寺山没後四〇年にあわせて刊行される。本書は、寺山のなした一筋縄ではいかない試みの何かに、読者が関心をもつ機縁になればとおもう。

本書の刊行に際しては、堀之内出版の鈴木陽介さんに大変にお世話になった。鈴木さんは、Zoomの研究会にも毎回顔をだされ、また遅れがちな執筆者の原稿（この「あとがき」にしてもそうである）を辛抱強く待ちつづけていただいた。感謝いたします。

二〇二三年三月一三日

編者のひとりとして　檜垣立哉

寺山修司の遺産

21世紀のいま読み直す

二〇二三年七月二四日　第一刷発行

編者
伊藤徹・檜垣立哉

発行
堀之内出版
〒一九二-〇三五五　東京都八王子市堀之内三-一〇-一二
TEL：〇四二-六八二-四三五〇　FAX：〇三-六八五六-三四九七

装丁・本文設計
木下悠（YKD）

印刷・製本
中央精版印刷株式会社

画像提供
テラヤマ・ワールド

ISBN978-4-909237-89-7